고양이 손님

NEKO NO KYAKU by Takashi HIRAIDE
ⓒ 2001 Takashi HIRAIDE
All rights reserved.
Original Japanese edition published in 2001 by
Kawade Shobo Shinsha Ltd. Publishers, Tokyo
Korean translation rights arranged with Takashi Hiraide
through Japan UNI Agency, Inc.,
Tokyo and Korea Copyright Center, Inc., Seoul

고양이 손님

히라이데 다카시 지음

양윤옥 옮김

猫

の

客

비채

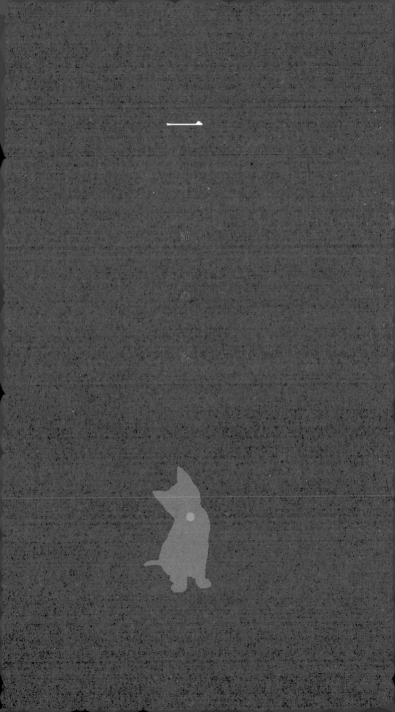

처음에는 조각구름이 떠 있는 것처럼 보였다. 떠 있다가 바람에 아주 조금, 좌우로 날리는 것처럼 보이기도 했다.

부엌 귀퉁이 작은 창문 앞으로 키 높은 판자 담이 사람 하나 못 지나갈 만큼 바짝 붙어 있었다. 창문의 간유리를 안에서 보면 영사실의 어슴푸레한 스크린 같았다. 판자담에 작은 옹이구멍이 뚫려 있는 모양이었다. 허술한 그 스크린에는 폭 3미터 남짓한 골목길 건너 북측에 자리한 나무울타리의 초록빛이 항상 흐릿하게 투영되었다.

좁은 골목으로 사람이 지나가면 창문 가득 그 모습이 像으로 맺힌다. 카메라 옵스큐라, 즉 어둠상자와 똑같은 원리이리라, 어두운 실내에서 가만히 지켜보면 맑은 날에는 특히 지나가는 사람의 모습이 거꾸로 선명하게 비친다. 그뿐인가, 스쳐가는 상이 실제 걸어가는 쪽과는 반대 방향으로 지나간다. 골목길을 지나가는 사람이 옹이구멍과 가

6

장 가까워졌을 때 거꾸로 선 그 모습은 창유리 밖으로 넘쳐 날 것처럼 부풀었다가 일단 지나가버리면 특이한 광학현상처럼 눈 깜짝할 사이에 가뭇없이 사라진다.

그런데 그날 나타난 조각구름 상은 좀체 지나가지 않았다. 그러면서도 옹이구멍과 가장 가까워졌을 때도 크기가 그다지 커지지 않았다. 가장 크게 비쳤어야 할 지점에서도 창유리 윗부분에 손바닥에 얹힐 만한 크기로 내내 머물러 있었다. 조각구름은 망설이듯이 골목길에서 머뭇머뭇 흔들리고, 그러다가 마침내 희미한 울음소리를 냈다.

그 골목길에 아내와 나는 번개골목이라는 이름을 붙였다.

신주쿠에서 남서로 연결된 지하철을 타고 20여 분, 급행이 서지 않는 작은 역에서 내려 남쪽으로 10분쯤 걸어가면 약간 언덕진 길로 접어든다. 언덕 꼭대기에서 그곳만 자동차들이 제법 지나다니는 동서 도로를 대각선으로 건너면 그다음은 내리막길로 바뀐다. 꽤 널찍하고 완만하게 뻗은 비탈길을 70미터쯤 내려가면 왼편에 기와담장의 아래 반절을 세로로 긴 할죽劃竹으로 둘러친 고풍스러운 대문의 집이 나온다. 그 대문까지 가기 전에 왼편으로 돌아들면

울타리가 간소해지면서 판자 담을 따라 길게 이어진 골목 길이 된다.

우리가 세를 얻은 거처는 그 기와담장과 판자 담으로 둘러싸인 넓은 부지 안의 별채였다. 판자 담을 반쯤 지나온 참에 나무로 짠 쪽문이 있어서 집주인의 통용문(앞쪽 대문의 청결이나 위엄을 유지하기 위해 별도로 만들어진 뒷문으로, 거주자가 편히 드나들거나 식재료, 생활용품의 배달, 쓰레기 배출 등에 이용한다 – 옮긴이)과 셋집 거주자의 출입문을 겸하고 있었다. 옹이구멍은 그 키 낮은 쪽문 옆에 뚫린, 어느 누구에게도 들킬 일 없는 눈目 같았다.

판자 담 너머 봉창封窓 유리에 자신이 고스란히 투영되는 것도 모르는 채 그 앞을 지나가면 왼편에서 옆집 기와담장이 삐죽 튀어나오고 길은 오른편으로 약간 예각을 그리며 꺾어진다. 그런가 하면 거대한 느티나무의 무성한 가지로 지붕이 뒤덮인 옆집과 곧장 마주치면서 길은 다시 왼쪽으로 예각을 그리며 꺾어진다. 그 꺾어지는 방식이 몹시 날카로운 게 흔히 보이는 번개 도안과 비슷했기 때문에 장난삼아 번개골목이라고 이름을 붙인 것이다.

골목에 짙은 그림자를 드리운 그 느티나무는 수령이

엄청난 영물靈物이었다. 아마 구區의 보호수목으로 지정된 나무였을 것이다. 집을 지을 때 일부러 그 나무 기둥을 에워싸도록 설계했다는 얘기를 들었다.

커나가는 대로 마음껏 뻗어 오른 느티나무 가지는 주인집 정원의 동측 부분에도, 그 북동측 한구석에 세 들어 사는 자의 작은 별채 위에도 무성하게 녹음綠陰의 은혜를 베풀었다. 하긴 가을이 깊어갈수록 자꾸만 낙엽이 떨어져 주인집 할머니를 수없이 한숨짓게 하기도 했다.

어느 날 길을 잃고 번개골목에 헤매든 새끼고양이를 며칠 뒤 데려다 기르기로 결심한 것은 그 느티나무를 껴안고 있는 옆집의 다섯 살 남짓한 사내아이였다.

동측으로 바로 옆집이라고 해도 번개의 날카로운 예각만큼 어긋나 있어서 드나들 때 얼굴을 마주할 기회는 없었다. 우리 쪽 뜰과 맞닿은 옆집과의 경계면은 환기용 작은 비늘창 외에는 완전히 벽으로 막혀 있기도 했다. 무엇보다 넓은 부지 한구석 별채에서 셋방살이를 하는 처지였기 때문에 이웃이라는 의식도 적었다.

사내아이는 곧잘 골목길이 꺾어드는 모퉁이쯤에서 낭랑한 소리를 내며 기운차게 뛰어놀았지만, 한밤중에 책

상을 마주하는 우리와는 생활하는 시간대가 전혀 달라서 웬만해서는 마주칠 일이 없었다. 그래도,

———— 나, 이 고양이 기를 거야.

라는 또릿또릿한 목소리가 담장을 넘어 늦은 아침식사 자리까지 넘어왔다. 지난 며칠 동안 빨래나 겨우 내다널 정도의 작은 뜰 주위에 그 고양이가 쫄랑쫄랑 나타나 살짝 깨물기도 했던 터라서 사내아이의 그 말소리를 듣고는 저절로 웃음이 번졌다.

나중에 생각해보니 그때가 기회를 놓친 순간이었다.

二

猫

の

客

어린 아이의 여린 목소리지만 자못 의기양양했던 그 선언을 본채 주인 할머니도 들었던지 그날 저녁에는 옆집 문 앞에서 주고받는 이야기소리가 들려왔다.

──────── 그 댁에 고양이 키우려고?

할머니의 카랑한 목소리가 조곤조곤 물었다. 참말로 귀찮은데, 라고 뒤를 이었다. 사방에서 부지 안으로 달려드는 고양이들이 얼마나 정원을 어지럽히고 지붕을 시끄럽게 하고 때로는 방에 진흙 발자국을 남기는지 모른다고 할머니는 오히려 덤덤하게 말하고 있었다.

옆집 젊은 부인의 말투는 기품 있고 조용조용하게, 여든 할머니의 말을 예의 바르게 받아들이며 오로지 방어만 하는 것처럼 들렸지만 그렇다고 져준 것은 아니었다. 아마 아들아이가 뒤에서 필사적으로 싹싹 빌고 있다는 점을 생각했으리라. 져준 것은 오히려 할머니 쪽이었다.

그 2년 전에 할머니와 별채 임대계약을 할 때, 아이와 반려동물은 사양한다는 조항이 딸려 있었던 게 생각났다.

30대도 중반을 넘어가는 나이였지만 아내와 나는 아이가 있었으면 하는 마음은 별로 없었다.

반려동물이라는 것에 대해서도 둘 다 고양이는 그다지 좋아하지 않았다. 더구나 맞벌이고 보니 개를 기르자는 얘기는 꺼낸 적도 없었다. 그래서 할머니가 제시한 입주 조건에는 실로 적합한 임차인이었다고 할 수 있다.

친한 친구들 중에 고양이 마니아가 더러 있어서 그 총애하는 모습을 보고 어이없어한 적이 있었다. 몸과 마음을 모조리 고양이에게 바치고도 전혀 부끄러움이 없다고 여겨지는 장면도 목도했다. 생각해보면 고양이를 좋아하지 않았던 게 아니라 고양이 마니아라는 것에서 삐딱한 뭔가를 느꼈던 것뿐인지도 모른다. 무엇보다 고양이와 가까이 지내보지를 못했다.

어렸을 때 개를 기른 적이 있다. 개와의 관계는 깔끔한 것이라고 생각해왔다. 사슬을 통한 복종하는 자와 명령하는 자 사이의 긴장 관계가 깔끔하다, 라고 생각했다.

마침 옆집 사내아이 나이 때쯤이었을 것이다. 관사라

고 하던, 나가야(서민 동네의 일층짜리 공동주택으로, 여러 세대의 집이 좁은 길을 마주하고 길게 수평으로 벽을 공유하는 형태의 목조 건축 – 옮긴이)처럼 줄줄이 이어진 작은 집에서 살았는데 갓 기르기 시작한 강아지를 누군가 훔쳐간 일이 있었다. 토요일이나 일요일 오후가 아니었던가 싶다. 현관 앞에 묶어둔 스피츠가 없어진 것을 알아본 아버지는,

———— 개장수…….

라고 중얼거리고는 즉시 그 말을 지워버리려고 했다. 뒤따라 집을 뛰쳐나와 사방을 뛰어다니며 찾아봤지만 개도 개장수도 흔적조차 없었다.

개장수, 라는 말을 꿀꺽 삼켰을 때의 아버지의 기척으로 그다음 말은 물어봐서는 안 된다는 생각이 들었던 것이 또렷하게 기억난다. 누나의 기억에 따르면 그 아이는 하룻밤을 꼬박 울면서 지새웠다는데 울었던 기억이라고는 전혀 없다.

고양이를 그다지 좋아하지 않는다고는 했지만, 아내의 경우는 동물의 생태에 꽤 정통한 편이다.

어려서부터 오빠와 함께 잡아온 가재며 도롱뇽을 수조에서 기르고 각종 나비를 부화시켜 방 안에서 날아다니

14

게 했다고 한다. 십자매와 카나리아 등의 작은 새를 돌보고 병아리를 키웠다. 떨어진 참새 새끼며 박쥐를 치료해준 일도 있었다.

지금도 텔레비전의 동물 프로그램에 채널을 맞추면 먼 나라의 진기한 종이라도 대개는 그 이름을 정확히 알아맞힌다. 고양이를 그다지 좋아하지 않는다는 말은 따라서 아내의 경우에는 다양한 동물에 동일한 시선을 쏟아왔다는 뜻이어서 개냐 고양이냐 라는 수준의 남편과는 상당히 그 속내가 다르다.

옆집 소유가 된 뒤로 새끼고양이는 빨간 목걸이를 차고 방울 소리를 내며 곧잘 우리 별채의 뜰에 나타났다.

본채의 정원과 별채의 뜰은 간소한 판자 담으로 구분된 것뿐이라서 거의 한곳이나 마찬가지였지만, 나무가 있고 석가산(石假山, 정원 등에 자연석을 쌓아 만든 작은 산 – 옮긴이)이 있고 연못이 있고 화단이 있는 광장(廣壯)한 정원 쪽이 고양이에게도 역시 쾌적한 모양이었다. 우선 별채의 뜰로 살금살금 들어온 다음에 새끼고양이는 혼자서 그 널찍한 정원 쪽으로 나들이를 갔다.

뜰로 내려가는 문을 활짝 열어두었을 때는 오고 가는

길에 차츰 우리 집 안을 잠깐씩 들여다보게 되었다. 사람을 무서워하는 기미는 털끝만큼도 없었다. 하지만 경계심은 상당히 강한 성격인지 꼬리를 바짝 세운 채 조용히 이쪽을 응시할 뿐 좀체 들어오지는 않았다. 밖에서 품에 안아보려고 해도 휙 도망쳤다. 억지로 안으려고 하면 이를 드러냈다. 집주인 할머니의 눈도 있어서 우리도 굳이 그 이상은 길들이려 하지 않았다.

1988년, 즉 쇼와시대도 저물어가던 가을과 초겨울 사이의 일이다.

三

猫

の

客

고양이 이름은 치비라고 했다. 방에 누워 있으면,

──────── 치비!

라고 부르는 사내아이의 한층 낭랑한 목소리가 들려
왔다. 여기저기 뛰어다니는 소년의 발소리에 딸랑딸랑 작
은 방울 소리가 휘감겼기 때문에 그런 줄을 알았다.

바둑고양이라고 하던가, 치비는 하얀 바탕에 연갈색
이 서린 먹빛의 동글동글한 반점 몇 개가 들어간, 어디서나
흔히 보이는 일본고양이 암컷으로 호리호리하고 또한 매
우 작았다.

이 고양이의 개체적 특징은 가느다란 몸매에 자그마
하고, 그런 만큼 예쁘게 뾰족하고 잘 움직이는 귀가 눈에
띈다는 점 외에, 사람에게 비비거나 안겨드는 기미가 전혀
느껴지지 않는다는 것이다. 처음에는 이쪽이 고양이에 익
숙하지 않은 탓이라고 생각했지만 꼭 그렇지만도 않은 듯

했다. 번개골목을 지나가던 여자애가 발을 멈추고 쪼그리고 앉아 들여다봐도 도망치지는 않았지만 손을 대려고 한 순간, 스윽 날카롭게 따돌리고 돌아섰다. 그 거부하는 모양에는 차갑고 서슬 퍼런 빛의 감촉이 있었다.

더불어 웬만해서는 울지 않는다는 점도 있었다. 처음 골목에 나타났을 때만 해도 조금쯤은 소리를 냈던 것 같은데 그 뒤로는 일절 울지 않았다. 아무래도 제 목소리를 끝까지 안 들려줄 모양이네, 라고 슬슬 포기하게 만드는 식이었다.

관심을 갖는 대상이 제멋대로라는 점도 특징이어서 이건 꼭 새끼일 때만 그런 게 아니었다. 넓은 정원에서 혼자 노는 일이 대부분이라 그런지 어느새 곤충이며 파충류에 날카로운 반응을 보이곤 했다. 아니, 바람이나 빛이 만들어내는 눈에 보이지 않는 변화에 반응한다, 라고밖에는 생각되지 않는 때도 있었다. 대부분의 새끼고양이가 이런 경향을 가졌다고 쳐도 이 아이의 경우, 그 움직임은 극단적으로 예각을 그려냈다.

———— 번개골목의 고양이잖아.

눈앞을 지나가는 치비를 가리키며 아내는 칭찬하듯

이 말하곤 했다.

옆집 사내아이에게서 훈련을 받았는지 치비는 공놀이를 특히 잘했다. 사내아이는 손바닥만 한 크기의 고무공을 사용하는 것 같았다. 골목에서의 그 즐거운 모습과 계속 통통 튀는 공 소리에 끌려드는 것처럼 언젠가는 슬슬 우리 집 뜰에서도 함께 놀아보고 싶다는 생각이 들었다. 이래저래 궁리한 끝에 어느 날 서랍 구석에 있던 탁구공을 꺼냈다. 툇마루 아래 콘크리트 현관바닥에 팅겨주었다. 치비는 허리를 낮추고 눈으로만 지그시 그것을 쫓았다. 이윽고 온몸을 낮은 자세로 잔뜩 긴장시키더니 네 발을 가지런히 맞춰 살짝 뒤로 물러서면서 탄력을 그러모으듯이 둥글게 몸을 말았다. 그러고는 맹렬한 기세로 땅을 박차고 뛰어오르자마자 하얗고 작은 공에 감연히 덤벼들었다. 그렇게 양 앞발 사이의 공간으로 어느 틈에 공을 몇 번 오락가락하게 할 만큼 정확히 쳐내면서 내 다리 사이를 잽싸게 빠져나갔다.

제멋대로인 성격은 이런 월등한 기교 중에도 돌연 나타났다. 탁구공은 내팽개치고 몸을 예각으로 확 돌리는가 싶더니 다음 순간에는 맷돌 뒤에 숨은 두꺼비의 머리에 작은 앞발을 얹고 있었다. 그러고는 다시 다음 순간에 반대로 뛰어올라 한쪽 앞다리로 파고들 듯이 풀덤불에 기어들어가 하얀 배를 내보인 채 코를 슬쩍 벌름거리면서 이쪽을 보고 있었다. 그러는가 싶더니 더 이상 놀이 상대는 본 척도 하지 않고 빨래 장대에 흔들리는 속옷의 소맷부리를 수직으로 뛰어올라 낚아채 본채 정원으로 통하는 나무문을 빠져나가기도 했다.

공놀이는 정말로 새끼고양이 때밖에 하지 않는 것이라고 고양이 마니아 이 친구 저 친구에게서 들었지만, 나중에 어른 고양이가 되었는가 싶을 무렵에도 오히려 박차를 가하는 경향을 보였다.

또 다른 특징은 집주인 할머니의 말을 빌리자면,

──── 그 아이는 미녀야.

라는 것이다. 수많은 고양이를 쫓아내온 할머니의 말이니 객관성이 있다.

어느 사진가에 의하면 고양이 마니아는 하나같이 자기 집 고양이가 최고인 줄 아는 법이라고 한다. 고양이 마니아에게는 다른 놈이 보이지 않는다. 그녀 또한 대단한 고양이 마니아였지만 그런 점을 깨달은 덕분에 누구나 꺼려할 듯한 시원찮은 생김새의 길고양이 사진만 계속 찍고 있는 것이라고도 했다.

공놀이를 좋아하는 치비는 점차 제 쪽에서 먼저 찾아와 그곳에 사는 자에게 함께 놀아달라고 조르게 되었다. 방에 발을 아주 조금만 들이밀고 뚫어져라 상대를 응시한 뒤일부러 휙 몸을 돌리며 뜰로 불러내는 것이다. 응해줄 때까지 두 번이고 세 번이고 울지도 않은 채 유혹을 되풀이했다. 대부분 아내 쪽이 하던 일도 내던지고 신이 나서 샌들을 발에 꿰곤 했다.

실컷 놀고 나면 치비는 방에 들어와 쉬었다. 곡옥曲玉처럼 둥글게 몸을 말고 처음 소파에서 잠들었을 때, 집 자체가 이 광경을 꿈꿔왔다고 여겨질 만큼 깊은 기쁨이 찾아왔다.

할머니의 눈을 피해 치비를 집 안에 마음대로 드나들게 한 뒤부터 나도 점점 고양이 마니아의 심정이 이해가 되었다. 치비보다 더 예쁜 아이는 텔레비전을 봐도 달력을 들여다봐도 없는 것이다.

하지만 아무리 최고로 예쁘다고 생각했어도 우리 집 고양이인 것은 아니다.

딸랑딸랑 방울 소리가 들리고, 그런 다음에야 모습을

드러냈기 때문에 때로는 치비라고 하지 않고 딸랑이라고 부르기도 했다. 무심코 지금 좀 와줬으면 하고 기다릴 때 입에 올리던 이름이다.

────── 딸랑이, 안 오네?

아내가 그렇게 말하는 사이에 딸랑딸랑 하는 소리가 들린다. 왔다, 라고 생각했을 때는 대부분 번개골목의 두 번째 모퉁이쯤에서 옆집 현관을 나선 치비가 부지 경계의 철조망 뚫린 틈새를 폴짝 빠져나온 참이다. 그로부터 우리 집 건물을 따라 마루 쪽으로 돌아서 툇마루에 훌쩍 뛰어올라 어른 무릎 높이의 창문 문살에 양발을 짚고 고개를 길게 빼며 안을 들여다보는 것이다.

겨울로 접어들었다. 서서히 치비는 살짝 열어둔 창문 틈새로, 마치 작은 물길이 거듭거듭 완만한 비탈을 적시고 뻗어나가듯이 우리 생활 속으로 들어왔다. 하지만 그때 일종의 운명이라고 할 것까지 그 물길에 함께 따라와 있었다.

四

운명이라는 단어를 즐겨 쓰고 싶은 마음은 없지만 옆집 새끼고양이의 방문이 빈번해짐에 따라 아무래도 이 단어가 아니고서는 말할 수 없는 게 있다는 생각이 들었다.

이 집은 원래 쇼와 초기에 교토의 군인이 건축한 것으로, 정원을 조성하는 데도 일부러 교토의 정원사를 불러들였다고 한다. 총 140평 정도, 동서로 긴 부지다. 남측 반쪽에는 물을 끌어와 계절별로 꽃 경치의 미묘한 변화를 짜 넣고 갖가지 나무가 배치되었다.

폭포로 떨어지는 물을 이끌어가는 연못이 중앙에서 약간 동쪽 편으로 자리를 잡았고 넓찍한 항아리 두 개가 수련과 개연꽃을 각각 품에 안고 연못에서 한참 떨어진 마루 가까이에 반쯤 묻혀 있다. 그 외에도 시원한 쪽빛 청화도자기 화로가 마루에서 조금 먼 연못가에 역시 수련을 감춰뒀는지 검은 물을 넘실거리고 있었다.

할아버지와 할머니가 이 집을 매입한 것은 1950년대 말의 일이라고 들었다. 네 명의 자녀도 하나둘 슬하를 떠나고, 그 뒤로 노부부 둘만의 거처가 되면서 정원의 나무들을 정성껏 가꾸는 일은 전에 살던 이에게서 지금의 할아버지에게로 이어졌다.

역 앞 부동산중개사의 안내로 이 집의 별채를 찾은 것은 1986년 여름의 일이다. 거의 재난을 당하다시피 하는 꼴로 그 전의 임대 거처를 버리지 않으면 안 되었다. 그때의 피로는 끔찍해서 이사할 집을 찾아 나설 기력조차 앗아 갔을 정도였다. 지인에게 이사 점을 쳐봤더니 15도로 펼쳐진 병丙의 방위로 나왔다. 지극히 좁은 그 부채꼴 안에서 뜻밖에도 간단히 만나게 된 곳이 바로 이 집이었다.

옛 정취가 남아 있는 상점가를 지나 약간 경사진 길을 올라서면 남쪽으로 내려가는 주변 일대가 주택지로, 넓은 편치고는 자동차가 적은 완만한 경사지에 집집마다 가꿔놓은 정원수가 다양하게 내보이면서 침착한 분위기가 감돌았다. 고요한 기척에 처음 들어섰을 때는 누군가 친한 이가 가슴에 손을 얹어준 듯한 신비로운 평안을 느꼈다. 길에 노인들이 많은 동네구나, 라는 인상이었다.

이윽고 왼편으로 대문 지붕 위로 소나무 가지가 넘쳐 나오고 기와담장 아래 반절을 할죽으로 둘러친 오래된 집을 손끝으로 가리켰고, 대문까지 가기 전에 길을 돌아들어 부동산중개사의 뒤를 따라 그 골목으로 들어섰다.

운명에 대해 고찰한 니콜로 마키아벨리는, 운명이란 인생의 반 이상을 지배하는 것이며 그 나머지는 거기에 대항하려는 인간의 역량(비르투)이라고 생각했다. 그는 운명이라는 것을 변덕스럽고 제멋대로인 여신, 혹은 언제 범람할지 모르는 강과도 같다고 상상했다.

피렌체공화국의 정치에 참여했으며 후세에 정치사상가로서의 저작과 철저한 정략적 현실주의자로 알려진 마키아벨리는 다른 한편으로는 유려하고 풍성한 표현의 시인으로서 많은 양의 시와 희곡, 우화 등을 남겼다. 그러한 다양한 형식에 걸친 글 속에서 '포르투나(운명)'라는 주제, 그리고 역량, 미덕, 능력, 수완, 용기, 기개, 활력 등 20여 가지의 뜻으로 번역되는 '비르투'라는 단어, 그리고 필연, 필요, 필사必死로 번역되는 '네체시타'라는 단어가 나올 때는 독특한 앙양昻揚이 전해져온다. '비르투 디 네체시타', 즉 '비상시의 역량'만이 운명에 대항할 수 있다, 라고 마키아벨리는 설파한다.

　그가 운명을 강에 비유할 때, 그 강은 피렌체에 때때로 홍수를 몰고 왔던 아르노 강을 가리킨 것이라고 일컬어진다. 정청政廳 서기관이라는 정치 요직에 있었던 그는 군사 건축가로 채용된 레오나르도 다빈치와 협력하여 자연의 강의 흐름을 바꾸는 장대한 계획을 실현하고자 노력했다. 하지만 500년 전의 이 계획은 천재天災와 인재人災가 겹치는 불운에 휩쓸려 대실패로 끝이 났다고 전해지고 있다.

　그 저작을 읽어보면 운명에 대한 다양한 비유 중에서도 《군주론》 제25장에서의 '언제 홍수를 일으킬지 모르는 하천'이라는 비유가 특히 의미심장한 것으로 여겨진다. 그 비유의 쓸쓸함은 그가 실제로 겪은 큰 실패의 경험에서 나왔기 때문일 것이다.

　그리고 이제 운명을 이 근처의 파괴적인 하천으로 비유하고자 한다. 그것이 분노하여 미쳐 날뛰면 평야로 범람하여 수목과 건물을 파괴하고, 이쪽의 땅을 깎아내 저쪽 편으로 옮겨버린다. 밀려드는 그 격류를 마주하고 사람들은 어디로 도망쳐야 할지 갈팡질팡하고, 거친 그 기세에 모두

가 굴복하여 어떤 부분에서도 막을 도리가 없다.

　　그런데 살아 있는 모든 것에는 어느 길모퉁이를 돌아 들고 어느 문 틈새로 들어가고 하는 움직임에 원래부터 작은 흐름을 만들어내는 듯한 성질이 부여된 게 아닐까. 하루하루의 움직임이 거듭되면서 일정한 흐름이 생겨난다. 그리고 이 너무나 작은 흐름도, 흘러가기 때문에 비로소 어딘가에서 큰 강으로 이어진다는 것을 정치론의 저작뿐만 아니라 시와 희곡과 우화를 써낸 마키아벨리는 그 근원에서부터 생각했던 것으로 읽혀진다.

五

猫

の

客

번개 모양의 골목길에 그려진 첫 번째 예각을 그대로 따라가는 형태로 별채의 부엌 겸 식당이 있었다. 서향의 개수대 앞 창문으로는 본채의 부엌 개수대 창문이 내다보였다. 반대편이 되는 식당 동쪽의 커다란 출창出窓에서는 골목길 모퉁이를 돌아가는 사람의 머리가 판자 담 위에 쳐놓은 철조망 너머로 보이기도 했다.

별채 안을 남쪽으로 들어서면, 오른편으로는 간유리의 격자문 현관이 보이고 왼편으로는 붙박이장의 장지문이 보이는, 두 계단의 좁은 마루가 딸린 한 평짜리 공간이 있다. 거기를 지나면 세 평 다다미방이다. 안으로 들어가 오른편으로 앞쪽은 도코노마(바닥보다 한 층 높여 만들어 족자, 화병 등을 장식하는 공간 – 옮긴이), 나머지 반 칸은 붙박이장으로 나눠져 있다. 동쪽은 미닫이 유리문으로 거기에서 번개골목의 두 번째 모퉁이를 꺾

32

어든 사람의 등이 담장 너머로 보인다.

　이 다다미방 앞쪽은 세 평이 채 안 되는 마루방으로, 남쪽의 빨래 너는 뜰을 마주하고 있다. 판자 담은 그 뜰 맞은편까지 빙 돌아 들어와 무성한 이끼로 집주인의 훌륭한 정원으로부터 별채의 대기권을 적절히 가려주었다.

　창문을 많이 짜 넣은 구조였다. 마루방의 서쪽 벽에는 대나무 격자의 둥근 창에 덩굴이 휘감긴 공간이 동그랗게 오려져 있어서 처음에는 다실茶室뿐만 아니라 월견당月見堂으로서 한껏 멋스럽게 짜 넣은 것인지도 모른다. 거기서 내다보는 정원 석가산의 풍경이 가장 아름답다고 들었다. 이제는 증축한 욕실이 둥근 창 너머의 조망을 밖에서 가로막고 안에서는 거주자의 가구가 그 풍류 넘치는 디자인을 망가뜨리고 있었다.

　창문이 많은 집 구조는 피폐해진 자를 느긋하게 풀어주었다. 남쪽 면은 무릎보다 조금 높은 위치에 좌우가 꽉 차게 3.5미터 너비의 큼직한 창이 뚫려서 하늘을 저 멀리까지 내다볼 수 있었다. 집주인의 정원이 담장 너머로도 널찍하게 펼쳐졌고, 또한 동측 옆집의 벽면에 창문이라고 할 만한 게 없었던 데다 이 근처의 지세 자체가 남쪽으로 경사진 덕분에 별채 안으로 사람들의 시선이 쏟아지는 일은 없었다. 정원으로 튀어나간 처마가 중간쯤부터 단단한 유리로 바뀌어 비스듬히 기운 모양새의 대담한 천창을 만들어 햇빛을 흡족하게 불러들였다.

이사하고 반년째가 되는 1987년 초봄의 어느 날, 알루미늄 새시 창문을 활짝 열자 남풍이 밀려들었다. 싱크대 창문은 물론이고, 방 두 개의 동편 미닫이 유리문, 거기에 식당 출창이며 화장실 창문까지 차례차례 활짝 열어나가면 집 안은 순식간에 바람을 품은 동굴이 되어 날뛰기 시작한다. 구름이 빠르게 흘러가는 빨래 너는 뜰 쪽으로 멍한 시선을 던지자 가느다란 팔 두 개가 얽힌 모양의 겨우살이가 툭 부러져 떨어졌다. 위를 올려다보니 옆집에서 무성하게 번져 넘어온 거대한 느티나무가 둥치와 가지뿐인 온몸을 거친 바람에 씻기고 있었다. 비스듬히 달린 큼직한 천창에서는 햇빛 몇 줄기가 꽂혔다가 사라지고, 그 빛 사이사이에 섞이듯이 매화 꽃잎이 흩날렸다. 바람에 날려간 작은 책상 위의 종이쪽은 내려앉은 곳에서 마치 저만의 의지가 있는 것처럼 다시 날아올라 어딘가로 떠나려 하고 있었다.

건물 배치가 조화롭고 계절의 변화를 부지 전체로 느

끼게 되어 있어서 그런지, 이곳에서 사는구나, 라고 새삼스
럽게 실감하곤 했다.

마루방 남쪽의 천장은 '가케코미 천장(한 방에 평평한
천장과 비스듬한 처마 천장이 이어진 것으로 처마 부분의 천장은
대들보나 서까래를 그대로 드러내고 천창을 설치하기도 한다 –
옮긴이)'이라고 하는 모양이었다. 외부의 처마가 실내로 들
어와 천장의 일부가 된 형태다. 그것이 그물 눈금이 들어간
반투명 유리였기 때문에 천창을 겸하게 되었다. 그 밑에서
마루방 가득히 깔아둔 등나무 돗자리에 직접 몸을 대고 누
워 팔꿈치를 베게 삼아 빛의 변화를 기다렸다.

봄비가 내리기 시작했다. 처음 몇 방울이 투둑투둑 흩
뿌릴 때라면 프레파라트(현미경 관찰용으로 두 장의 유리 사
이에 끼워 밀봉한 표본 – 옮긴이)에 얹은 것처럼 빗방울의 크
기 변화까지 관찰할 수 있다는 것을 알았다. 구름의 움직임
이며 잎사귀가 춤추는 것도 아련하게 보였다. 늘쩡늘쩡 지
나가는 밤색 그림자는 부지 안을 들락거리는 도둑고양이
의 기다란 배 부분인 모양이었다.

처마의 유리 천창에 작은 새가 올라타 핑크색 발자국
이 찍혔구나, 라고 알아보자마자 주르르 미끄러지기 시작

했다. 아차차, 이거 위험하다, 하고 새는 세로로 가로지른 서까래 쪽으로 허둥지둥 콩콩 뛰어갔다. 반투명 유리라서 어떤 새인지는 알 수 없었다.

그때는 이삼 년 동안 출판사 일을 그만두려는 완만한 노력 속에 하루하루를 보냈었다.

오래 전부터 업무 관련 술자리라지만 일단 마시기 시작하면 멈출 줄을 모르고, 주말이면 마구잡이로 야구니 뭐니 나 스스로 나만의 글 쓰는 시간을 탕진하며 살아가는 상태였다. 그런 하루하루에 가속이 붙어 남의 글쓰기를 뒷받침하는 편집자로서의 업무까지 점차 흐지부지한 것이 되어갔다.

어느 날, 지나친 야구 연습의 피로가 직접적 원인이 되었는지 오른쪽 팔 윗부분에 우둘투둘 물집이 생겼다. 며칠 뒤에는 오른쪽 팔에서 오른쪽 어깨로, 이어서 오른쪽 목덜미로 번졌다. 목 근처에서 교차해 왼편 뇌의 언어중추로 이어지는지 일시적으로 사고가 막히고 말도 어눌해지는 것 같았다.

쇠약해진 신경계를 따라 몸의 반쪽에 바이러스가 퍼지는 대상포진이라는 병이었다. 한 달 동안 치료를 받고 낫

기는 했지만, 언제 또 나타날지 모르는 몸의 이상이 회사를 그만두기로 결심하는 계기가 되었다. 하지만 차곡차곡 모아둔 내 글쓰기 작업만으로는 생활이 해결될 것 같지 않아서 결단을 내릴 기력도 없이 침울한 나날을 보내고 있었다. 그러던 참에 이 새 집에서 차츰 자리가 잡히자 해묵은 과제가 드디어 코앞에 닥쳤다는 마음이 들었다.

부엌에 있는 아내에게로 다가가,

─────── 찻집에 갈까,

라고 청했다.

─────── 엇, 무서운데?

라면서 주춤 물러서는 척한 것은 무슨 말을 어떻게 꺼낼지 그녀는 이미 알고 있었기 때문이다.

착수한 글쓰기 작업을 줄줄 얘기하고, 그 한 건 한 건에서 예상되는 원고료며 인세를 입금 예정 월까지 기입해 표로 작성한 것을 역 근처 상점가 찻집의 테이블에 펼쳤다. 아내는 출판사와 계약한 교열자로, 교정지의 수정 내용을 점검하고 원고 대조 없이 읽어 내려가면서 사실 관계나 출전을 확인하는 일, 번역의 원문을 대조해 오류를 지적하고 단어 사용이나 경우에 따라서는 문장을 바르게 고르는 일을 하고 있었다. 그런 아내의 연 수입을 확인해 합산하고, 둘이 함께 자택에서 일하는 것의 장점을 설명했다.

우선 일 년 반 정도의 생활비라면 어떻게든 예산이 서는 것 같았다. 하지만 그 뒤에도 순조롭게 이어지리라는 보증이 없다는 것은 누구보다 나 자신이 잘 알고 있었다. 하지만 유혹하는 자로서 조금치의 망설임도 보여서는 안 된다는 기본을 끝까지 밀어붙이며 검소하고 간소한 새 생활을 제시했다. 아내는 불안감을 거두지 못했지만 회사 일을 그만두려는 파트너의 노력이 완만하고 긴 시간에 걸쳐 이어져온 것을 곁에서 지켜봤던 만큼 이 제안은 뒤집기 어려운 것으로 받아들여진 모양이었다.

집에 돌아와 식사를 하고 남쪽 창가에 나란히 놓인 책상에 앉아 다시 각자의 근근이 이어가는 작업을 시작했다. 문득 깨닫고 보니 한밤중이 되어 있었다. 책상 의자에서 문득 곧장 위쪽으로 시선을 던진 아내가 작은 소리를 냈다.

올려다보니 만월인 듯한 달이 그물 눈금이 쳐진 유리 처마의 두 칸 너비에 가득 차게 하얗고 굵은 강이 되어 흘러가고 있었다.

六

猫
の
客

빈손으로 시작하는 게 가장 좋다는 것은 몇몇 작가들을 통해 배웠고 그들과 함께 작업한 세월을 통해 배운 바였다. 이를테면 미약한 힘이나마 일류급과의 작업을 함께해본 경험이 나에게는 그 일을 버리는 것으로 연결되었던 게 묘하다면 묘하다고 할 만한 과정이었다.

자연스러운 경의를 품고 접해왔고 마치 먼 친척처럼 거리가 있으면서도 친근하게, 집안과도 서로 의지해왔던 몇몇 지인의 임종을 연거푸 지켜보게 되었다. 나도 30대 중반을 지나 드디어 중년의 영역에 들어선 그 무렵, 회사에 사표 제출 절차를 마쳤다.

1987년 여름에 회사를 그만두고 빈손이 되자 그다음 해 1월, 이번에는 그토록 가까웠어도 한동안 만남이 뜸했던 친구가 위독하다는 소식이 갑작스럽게 날아들었다.

연상의 Y는 옛 술친구이자 야구를 함께한 동지였고,

무엇보다 동세대 시인으로서 경의를 표했던 몇 안 되는 재능을 가진 이였다. 결혼해서 두 아이가 생기고 사이타마 현 교외에 주택을 구입한 뒤로 Y는 야구를 하자고 불러내도 기어들어가는 목소리로 변명을 연발하는 게 너무 힘들어 보여서 내 쪽에서도 자주 청하지 못한 채 어느새 서로 소원해져 있었다.

도쿄 시내 편집 프로덕션에서 지하철 막차 시간까지 일해야 하는 분주한 나날을 보내던 중에 Y는 대장암에 걸려 1986년 봄에 장시간의 수술을 받았지만 본인도 친구들도 장폐색이라는 선고를 들어야 했다. 인종忍從에 강한 북녘 설국의 사나이는 퇴원해서도 곧바로 다시 번무煩務에 복귀하여 한창 붐비는 시간대의 환승역 계단에서는 느릿느릿 손잡이에 매달리다시피 출퇴근을 했다고 한다.

문예지 등에서도 시가 발표된 것을 거의 보지 못했다. 고결한 인간은 타인을 밀쳐내면서까지 치고 올라갈 생각은 하지 않는다. 게다가 당시 시대라는 격류는 앞으로 점점 더 고결한 자부터 먼저 쳐내는 방식으로 그 흐름이 빨라질 것 같다고 전망되었다.

한달음에 달려가 보니 병상의 Y는 의젓한 야수처럼

묵연默然과 긍지를 지닌 채 요독증으로 포수의 미트처럼
부어오른 얼굴을 고통스럽게 일그러뜨리며 웃었다.

복도에서 의사에게 앞으로 보름, 이라는 말을 들었
을 때,

———— 서서히 살해되어간다는 것을 잊지 마라.

라는 생각이 머릿속에 떠올랐다. 무엇에, 라는 것까지
명확히 눈에 보이는 것만 같았다.

하지만 생각지 못한 일이 일어났다. 신장 안에서 커져
가던 암세포가 중심에서부터 자연 괴사를 일으켜 오줌과
함께 배출되기 시작한 것이다. Y는 기적적으로 일시나마
다시 버텨냈다. 그리고 독한 진통제 때문에 옛날에 함께 진
탕 취했을 때와 비슷한 무법자 같은 말투로 병문안을 온 객
들과 대치했다. 나는 회사에 사표를 던진 처지여서 마침 시
간도 있었다. 단골 주점에 들르듯이 교외의 병원에 네 달
동안 하루도 빠짐없이 찾아갔다.

Y는 그동안에 주위에서 준비해준 시 전집의 간행을
위해 자신의 전 작품을 정리하고 재구성하기 시작했다. 교
정지를 손에 들고 네 편의 신작을 써내는 작업까지 배로 북
북 기어가며 어찌어찌 해낸 뒤에 1988년 5월 말에 세상을

42

떠났다.

30대란 그야말로 무참한 나이라고, 이제야 그런 생각이 든다. 재난을 면하느냐 마느냐는 경계가 된 파도를 미처 깨닫지도 못한 채 마구 뛰어놀았던 시간이라고, 이제야 그런 생각이 든다.

집 안에서 그 소박한 스크린을 발견한 것은 Y의 위독 소식을 듣고 슬픔으로 멍해져 있던 무렵의 일이었다.

어느 날 오후, 부엌 쪽에서 부르는 소리가 났다. 책상을 벗어나 가보니 아내는 어디에도 없고 그 목소리만 번개 골목의 첫 번째 모퉁이쯤에서 들려왔다.

───── 잘 지켜봐, 거기 부엌 창문.

부엌 귀퉁이의, 화장실 여닫이 문짝이 걸리는 다다미 반 칸의 어스름 속에 스크린처럼 뚫린 그 작은 창은 집 안에서 단 한 개의 북향 창으로, 초봄의 냉랭한 기운에 꼭꼭 닫아둔 채였다. 간유리 한복판에 판자 담의 틈새가 비춰졌는지 희미한 초록색 선이 세로로 떠 있는 것에 처음으로 주의가 향했다. 그때 일부러 낸 듯한 발소리가 오른편에서 천천히 다가오더니 선명한 천연색의 물구나무 상이 된 아내가 왼편에서 쑥쑥 커나가듯이 떠올랐다. 그런가 싶더니 순식간에 발소리와는 어긋나게 오른편으로 사라졌다.

급히 부엌 창을 열었다. 그곳에는 동전 크기 정도도 안 되는 옹이구멍이 있어서 눈을 대자 골목길 건너 옆집의 한 단 높은 산울타리의 초록빛이 들여다보였다. 빛은 그 구멍에서 물구나무를 서고 있었다.

아내에게 몇 번 왔다갔다 해달라고 부탁해 단순하고도 선명한 환幻을 거듭거듭 즐겼다. 다음에는 아내를 불러들이고 내가 대신 골목의 그 자리를 오락가락했다. 그러고는 둘이 나란히 세 평 방 앞의 두 칸 계단 마루에 진을 치고 앉아 원래부터 별로 드나들지도 않는 사람의 왕래를 한참이나 목을 빼고 기다리기도 했다. 바람이 잘 통하는 집은 필요한 것만을 비춰내는 어둠상자처럼 마음을 가라앉혀주었다.

七

前
の
香

새끼고양이 치비가 나타나 별채의 셋집에 처음 들어섰을 때의 광경은 되풀이해서 머릿속에 떠오르곤 한다. 9월 중순에 토혈한 쇼와 왕의 용태가 그 뒤로 급변하면서 전 사회적으로 자숙하는 분위기였던 1988년 늦가을 무렵이다.

널찍한 정원 쪽과 형식적으로만 구분해둔 작은 뜰을 마주하고 세탁기를 설치한 좁은 봉당이 있었다. 어느 날씨 화창한 오후, 그 열린 문의 작은 틈새로 치비는 어느새 기어들어와 하얗게 빛나는 네 개의 발끝으로 반쯤 햇볕에 빛바랜 발판을 살포시 딛고 예의 바른 호기심을 온몸으로 드러내며 가난한 집 안을 조용히 둘러보고 있었다.

남측의 이웃집에서 기르는 듯한 삼색털 고양이를 집주인 할머니는 올 때마다 쫓아내곤 했다. 그밖에도 흑이모黑二毛라고 해야 할까, 밤색이라기보다 묵색이 섞인 진흙 빛깔의 나이 든 길고양이도 부지 안에 출몰했다. 이쪽은 문

46

을 발끝으로 밀고서라도 사람 없는 집에 들어오려고 한다
는 얘기를 듣고 아내는 애정을 담아 '도로('도로'라는 단어는
'진흙'과 '도둑'이라는 두 가지 뜻이 있다 – 옮긴이)'라고 부르게
되었다.

임대 계약서의 단서 조항에 어린아이와 반려동물은
사절, 이라는 게 있었지만 어느 날 할머니는 아내에게 그런
조항을 달았던 것에 대해,

───── 미안해,

라고 사과했다. 두 노인에게는 정적이 무엇보다 중요
한 조건이었다.

조용한 생활도 이윽고 할아버지가 몸이 약해져 본채
서측 양실에서 자리보전을 하게 되자 할머니에게는 가옥
전체가 던져주는 자질구레한 일거리가 부담의 도를 넘어
섰다. 고양이들을 쫓아내는 일도 이제 슬슬 포기한 것처럼
보였다. 고양이들은 고양이들대로 지금까지보다 더, 넓은
정원이 됐건 담장을 타고 가는 특별한 높이의 통로가 됐건
마음 내키는 대로 탐색하며 변덕스러운 모험에 뛰어들려
하고 있었다.

한 차례 이 작은 별채에 들어오는 것을 기억한 치비는

틈새를 만들어주기만 하면 조용히 들어오곤 했다. 그걸로 뭔가 못된 짓을 하는 것은 아니다. 집 안을 살금살금 돌아다닐 뿐이었다. 물건과 물건 틈새로 하얀 털에 먹빛 동글동글한 반점을 띄운 부드러운 몸을 이따금 밀어 넣었다.

치비는 역시 울지 않았다. 그리고 품에 안기지 않았다. 안으려고 하면 작게 캬아 하고, 울었는지 말았는지 모를 정도의 소리를 내고는 이를 슬쩍 드러낸 뒤에 이쪽의 손 사이를 빠져나갔다.

아내는 즉각 그런 간섭을 나무랐다. 고양이에게 혼이 난 남편을 비웃으며,

──── 나는 공연히 껴안으려 하지 않아. 치비를 자유롭게 놀다 가게 해줄 거야.

라고 말했다. 치비는 한 번 만져볼 수도 없는 채로 방 안을 자유롭게 오가다가 자기 좋을 때 자기가 원하는 자세로 자고 가기 시작했다.

그 1988년 연말부터 그다음 해 초까지 두 권의 장편 일거리에 쫓겼다. 제야除夜에 근처 오래된 사찰에서 종을 한 차례 치고, 또 다른 방향에 자리한 신사에 참배한 뒤 한밤중의 메밀국수집에 들른 것 외에는 송년도 새해맞이도

없이 내내 책상을 마주했다. 절박한 일거리는 새벽녘이 가까워지는 참이면 집 안 분위기를 험악하게 만들었다. 피로가 깊어져 비상시에 들어가면, 그러나 매번 정해놓은 듯이 책상 두 개가 마주한 남쪽 큰 창 너머로, 툇마루에 올라와 창살에 양쪽 앞발을 딛고 이쪽을 빠끔히 들여다보는 작고 희뿌연 그림자가 보였다.

거기서 창을 열고 겨울 새벽이 데려온 손님을 맞아들이면 집 안의 기운이 단숨에 되살아났다.

설날에 그것은 첫 '예자禮者'가 되었다. 새해를 축하하며 집집마다 돌아다니는 자를 예자라고 한다. 드물게도 이 예자는 창문으로 들어왔고 게다가 한 마디의 축사도 늘어놓지 않았지만 단정히 두 손을 모으는 인사만은 잘 알고 있는 것 같았다.

그리하여 새해가 시작되고 1월 7일, 왕의 서거 소식이 전국을 내달렸다. 그 무렵 두 권의 책을 그럭저럭 완성해냈다. 둘 다 야구 놀이에 관한 책이었다(작가 약력을 통해 보면 다음 두 권의 저서로 생각된다.《백구 예찬白球礼讃─베이스볼이여, 영원히》, 1989. 이와나미쇼텐.《야구의 시학詩学》, 1989. 치쿠마쇼보 – 옮긴이).

49

八

猫

の

客

치비 이외의 고양이는 드나들 수 없는 방 출입구를 만들었다. 남향으로 뚫린 큼직한 창문 아래쪽은 40센티미터 높이로 이 끝에서 저 끝까지 간유리 소출창(掃出窓, 문턱 없이 방바닥과 똑같은 높이로 만들어 쓰레기 등을 쓸어내는掃出 용도로 쓰인 창)이 달려 있었다. 그 문 하나를 7센티미터쯤만 열어두면 그 틈새로 치비가 몰고 오는 흐름만 들어왔다. 한기나 벌레가 들어오지 않도록 도톰한 감청색 천을 막처럼 걸었다.

다다미방 귀퉁이의 마루판에 귤이 들었던 박스를 치비 전용의 방으로 준비했다. 그 안에 타월을 깔고 먹을 것을 담기 위한 접시도 넣어두었다. 박스 옆에는 우유 접시를 챙겨놓았다.

청소를 위해 박스를 잠시 다른 방으로 옮겨둔 직후에 찾아오면 치비는 있어야 할 자리에 그것이 없는 것을 보고 당황해서 그 자리에 웅크려 앉아 있곤 했다.

　　빨간 목걸이는 이따금 연보라색으로 바뀌는 일도 있었다. 오늘은 과연 어떤 목걸이를 차고 나타날지 알 수 없었다. 목걸이를 바꿔줄 수 없는 자들의 집에도 자신이 보호되는 장소가 있다는 것을 치비는 알아준 모양이었다.

　　치비가 와 있을 때, 우연히 편집자 두 명이 우리 집을 방문한 적이 있었다. 그러자 치비는 그들을 의식해서 자신은 이 사람의 보호를 받고 있노라고 주장하듯이 서 있는 아내 주위를 빙글빙글 네다섯 바퀴 돌아보였다.

　　춘분이 지난 어느 날 오후, 치비가 사냥을 했다. 참새를 입에 물고 온몸의 털이 곤두선 채 크르릉거리며 일부러 발소리를 내려는 것처럼 위아래로 쿵쿵 뛰는 달리기를 하면서 별채 주위를 맴돌았다. 사냥감을 포획하면 보호자에게 보여주러 온다는 얘기는 들었지만, 치비가 그것을 내보일 상대는 별채 건물 그 자체인 것처럼 그 주위를 몇 바퀴나 크르릉 소리와 함께 마구 내달렸다. 그러고는 넓은 정원의 동쪽 가장자리에 있는 채소밭 근처로 가더니 불운한 참새를 움직이지 않을 때까지 내내 갖고 놀았다.

　　──────── 내가 치비를 껴안지 않는 것은,

이라고 참새를 땅에 묻어준 뒤에 아내가 말했다.

──── 동물이 자기 좋을 대로 하는 게 너무 흐뭇하기 때문이야.

4월이 되면 정원 흙바닥에 거의 닿을 만큼의 높이로 회청색 부전나비가 가득 날아다녀서 누군가 지나가던 자가 자칫 그것을 밟는 일도 있겠구나 싶었다.

동물은 고양이라면 고양이로서 한데 묶이는 것 이상으로, 한 마리 한 마리가 제각각 다른 성질을 갖고 있는 게 재미있다, 라고도 말했다.

──── 나한테 치비는 고양이 모습을 하고 있는 마음 잘 통하는 친구야.

그러면서 관찰이야말로 감상感傷에 빠지지 않는 사랑의 핵심이다, 라는 어느 사상가의 잠언을 가르쳐주었다. 아내는 대형 노트북에 치비와의 나날을 그때그때 글로 써두는 일도 있는 모양이었다.

6월에 접어들자 아내에게 집을 맡기고 캐나다와 미국의 몇 군데 도시에 취재여행을 떠났다. 치비의 행동에 변화가 생겨난 것은 그동안의 일이라고 했다. 그렇게 길을 들였는지 지금까지는 깔아둔 이불은 절대로 밟지 않게 돌아다

넜는데 어느 날, 아내가 자고 있으려니 그 이불 위에 조용히 올라와 몸을 눕혔다고 한다. 그러고는 그 길로 항상 곁에서 잠들게 되었다.

미국에서 독한 감기에 걸려온 모양이었다. 귀국한 날 밤에 서둘러 이불 속으로 들어갔다. 그곳에 다가온 치비는 그때까지 하던 대로 이불 위에 올라서려다 안에 있는 사람이 바뀐 것을 깨달았다.

잠깐 망설인 뒤에 경대로 올라가 자신의 모습을 비춰 보고 어쩌고 하다가 길게 쳐둔 가리개 천 옆구리로 붙박이장의 어둠을 향해 폴짝 뛰었다. 전면을 천으로 가려둔 것뿐인 붙박이장의 위쪽 칸을 이 집에서의 자신의 침실로 삼아 버린 것이다. 그날 이후, 치비가 언제든지 잘 수 있고 거주자도 나름대로 푹 잘 수 있게 하자고 이불은 저녁 이른 시간부터 붙박이장 밖으로 밀려나게 되었다.

九

猫の刺客

1989년 6월 21일은 아내가 치비와 절교한 날이다.

상경한 규슈 친척에게서 아내는 선물을 받았다. 아리아케 해有明海에서 잡히는 번듯한 갯가재로 현지에서는 '샷파'라고 불린다. 포장을 펼치자 동네 평범한 생선가게에서 내놓는 갯가재보다 두 배쯤은 더 큰 것 같았다.

머리에는 크고 작은 두 쌍의 촉각이 있고 다섯 쌍의 다리 중 두 번째의 가슴다리胸脚는 큼직한 낫 모양이어서 그것으로 작은 새우나 게를 잡는다고 한다. 꼬리 부분은 얕은 바다의 진흙에 구멍을 파기 위해 넙적한 판자 모양을 하고 있다. 담갈색이고 등에 몇 줄기 무지개 색깔의 선이 그어졌다. 그것을 끓는 물에 넣으면 바로 그 보랏빛 감도는 밤색이 된다.

알이 꽉 찬 초여름 갯가재는 특히 맛이 좋아서 귀하게 여겨진다. 즉각 저녁식사의 반찬으로 삼삼하게 졸인 그것이 나왔을 때, 딸랑딸랑 방울을 울리며 고양이 손님이 찾아왔다.

치비는 통째로 나온 갯가재를 보자마자 갑자기 흥분이 최고조로 높아졌다. 구운 생선이나 회를 받아먹을 때와는 완전히 상태가 달랐다. 하지만 아내는 항상 하던 대로 말을 건네면서 손에 든 갯가재를 한 조각씩 떼어 곁에 와있는 치비의 입가에 내밀었다.

치비는 등에 지느러미가 돋은 것처럼 털을 바짝 곤두세웠다. 꼬리는 너구리의 그것처럼 한껏 부풀었다. 눈 깜짝할 사이에 접시를 싹 비우더니 그 미각 때문인지 아니면 혀에 닿는 맛과 부드럽게 목을 넘어가는 감촉 때문인지 반복적으로 또 다른 종류의 흥분이 찾아오는 모양이었다.

아내가 다시 한 조각을 떼어냈다. 치비가 덮치듯이 받아먹었다. 그러고는 잠시 틈을 두고 다시 한 조각을 내줬다. 치비가 다시 한순간에 먹어치울 때, 입안에서 빨간 혀가 불꽃처럼 일렁이는 것이 마주앉은 자리에서 보였다.

나아가 또 한 조각을 떼어주기까지 그 사이를 치비는 미처 참지 못했다. 답답하다는 듯 온몸으로 바작바작 애타는 모습을 드러내더니 눈은 야차처럼 옆으로 길쭉해지고 밥상에 걸친 앞발에는 순식간에 갈고리 모양의 발톱이 나타났다.

   ———— 안 돼, 기다려.

라는 아내의 말보다 먼저, 수렵에 나선 치비의 이빨이 갯가재를 멀리 치워놓으려는 아내의 손바닥을 깊숙이 물어뜯었다.

피가 흘렀다. 비명보다 분노의 목소리가 튀어나오고, 홱 밀쳐진 작은 고양이는 갑자기 마법에서 풀려난 것 같았다.

   ———— 당장 나가. 이제 절교야.

목소리의 박력에 놀라 치비는 혼비백산 소출창 틈새로 달아났다. 절교, 라는 말을 들었을 때는 적잖이 우스웠지만 이윽고 아무래도 진심인 듯하다고 알게 되었다.

   ———— 진짜로 힘을 줘서 깨물었다니까.

라고 아내는 아픔을 견디며 말했다. 기껏해야 갯가재를 놓고 벌어진 일시적인 일일 거라고 생각했지만, 손바닥 상처는 의외로 깊었다.

소출창을 닫아걸더니 감청색 천도 귤 박스도 그 안의 접시와 타월도 치워버렸다. 다음날도, 그다음 날도 어느샌가 찍혀 있는 큰 창문 앞의 발자국 흙을 아내는 말없이 걸레로 닦아냈다.

만 사흘이 지난 날, 한밤중의 일이었다.

꼭꼭 닫아둔 큰 창문 쪽에서 소리가 났다. 되풀이해서 둔중한 소리가 이어졌다. 다다미방에서 일어난 아내가 그쪽으로 다가가 커튼을 열어보니 한결같은 외곬의 표정으로 거듭거듭 유리창에 몸을 부딪는 것이 있었다.

아내의 노트를 살짝 들여다보면 그때 일이 이렇게 적혀 있다.

────── 그것은 하얗고 자그마한, 눈을 크게 부릅뜬 채 온몸을 등대에 부딪는 새와도 같았다.

十

猫

の

客

1989년 칠월칠석날 오후, 데리러 오기로 한 차가 도착했다는 집 근처에서의 전화를 받고 잔뜩 긴장한 채 배웅을 하러 달려 나갔다.

　할아버지는 바퀴 달린 들것에 실린 채 쾌청한 하늘이 좀 눈부시다는 표정을 하고 있었다. 흰 장갑을 낀 운전기사가 들것의 다리를 접어 환자 운반용 차량 뒤쪽에 밀어 올리려고 했지만 앞뒤가 바뀌었다면서 처음부터 다시 하게 되어서 여름 홑이불에 덮인 지친 몸은 길 위에서 빙그르르 한 바퀴를 돌았다. 교복 차림의 고교생들이 어깨너머로 돌아보며 지나갔다. 할머니는 손가방 하나만 들고, 배웅 나온 사람들 하나하나에게 다부지게 인사를 건네고 있었다. 그 뒤, 자진해서 할머니를 태워다주는 일을 맡고 나선 석유집 아저씨가 평소에는 못 보던 자가용차를 집 앞에 댔다. 할머니는 조수석에 탄 다음에야 한순간, 슬픔을 꾹 견디는 표정을 보였다.

　자동차가 언덕 너머로 사라지자 빈집이 된 본채에 처음으로 현관을 통해 들어갔다. 그때까지 일해온 도우미 아주머니와 부엌에서 서로 간에 섭섭함을 삭이듯이 선 채로 이야기를 나눴다. 그녀도 떠나자 오랜 부재를 위해 새롭게 설치한 문의 잠금장치를 다시 확인했다. 그러고는 집 안에 들어가 대부분의 가구와 조명이 없어진 실내를 장롱에서부터 빈지문까지 하나하나 점검하며 돌았다. 거실 기둥에 걸린 달력이 7월 7일(일본에서도 칠월칠석은 원래 음력이었으나 메이지시대의 개력改曆 이후로 양력 7월7일에 쇠는 명절이 되었다 - 옮긴이)인 것이 그때 눈 속 깊이 새겨졌다.

　남쪽 툇마루에 서자 넓은 정원이 한눈에 내다보였다. 동쪽으로 나란히 선 별채를 임대해서 사는 것만으로는 이 정원의 아름다움은 반밖에 알지 못한다는 것을 그제야 깨달았다. 할아버지가 정성을 다해 가꿔온 정원의 나무 사이를,

　──── 언제든지 마음껏 산책해요.

　라고 할머니는 말했었지만 그때까지 정원의 동쪽 반밖에는 발길을 들이지 않았다. 거동이 힘들어진 할아버지

65

가 실내의 흔들의자나 침대 위에 지그시 앉아 있는 모습이 유리문 너머로 눈에 들어오곤 했다.

하지만 본채에서 집주인이 떠났다. 주인 없는 집이 되어버렸다.

횡한 본채의 툇마루에서 바라보니 남측 이웃집과의 경계인 판자 담도 망가져 비스듬히 기울었고 담쟁이며 덩굴풀이 무성하게 자라나는 대로 그냥 버려져 있었다.

할머니 혼자 이 정원을 유지해나가기가 어렵다는 것은 시간이 지나면서 차츰 알게 된 일이었다. 오랜 간병으로 할머니는 조금씩조금씩 기력을 잃어갔다. 그러잖아도 죽음과 상속 문제는 코앞에 닥쳐와 있었다. 남들에게뿐만 아니라 자식들에게조차 부담을 끼치는 것을 극단적으로 싫어하는 할머니는 뻔히 눈에 보이는 자신의 쇠약과 함께, 30년 살아온 모든 것을 정리하고 간호시설이 딸린 실버타운에 들어가기로 최근 일 년여 동안 분명하게 결심한 모양이었다.

그렇다면 임대 거주자도 포기하지 않으면 안 된다. 최소한 남은 시간 동안이나마 주인을 떠나보내고 조용히 숨 쉬고 있는 이 넓은 정원과 친해지기로 마음먹었다.

물을 주러 나가 호스를 잡고 전동펌프와 연결된 수도 꼭지를 틀자 연못가의 햇볕 잘 드는 큼직한 바위 위에 항상 자리 잡고 있는 밀잠자리가 아주 조금 하얀 가루를 날리며 깨끗한 청색 동체를 허공에 띄우고 호스 끝에서 떨어지는 우물물의 흐름에 머뭇머뭇 다가왔다. 호스 꼭지를 손끝으로 오므리자 물은 두 갈래로 갈라져 허공에 걸린 호가 한층 크고 높직해졌다. 무서워하지 않아도 될 만한 거리를 확보한 덕분인지 그는 그 자리에 머물면서 공중의 물줄기에 정밀한 기계처럼 정확히 입을 맞췄다.

그것이 매일 아침마다의 일이 되자 점차 망설이지 않고 곧장 날아와 허공의 폭포수에 오래오래 머물게 되었다. 잡학사전에 의하면 밀잠자리의 수컷은 한 마리뿐으로, 물이 있는 곳을 중심으로 상당히 넓은 범위의 영역을 확보하고 있다고 하니까 그는 항상 똑같은 그였을 거라고 생각한다.

———— 친구야,

라고 중얼거릴 뻔해가면서 날아가버릴 때까지의 그 시간을 즐겼다.

본채와 별채 사이에는 빨래를 널기 쉽게 못과 철사로 얼기설기 엮어둔 긴 장대가 낮게 걸려 있었다. 8월도 끝나가려는 어느 날, 그 빨래 장대 위에 꼬리의 방향을 정반대로 맞추고 노란 암컷과 짝짓기를 하며 일그러진 하트 모양의 환環을 만든, 아직 푸른 기가 강한 그 젊은 밀잠자리가 눈에 띄었다. 가까이 가서 들여다봤더니 그 모양을 무너뜨리지 않은 채 허공을 날아 서측 정원수 나뭇가지 끝으로 옮겨갔다. 다시 가까이 가서 관찰했더니 일그러진 하트 모양의 환은 다시금 머리 위 하늘로 하르르 날아올랐다.

十
一

猫

の

客

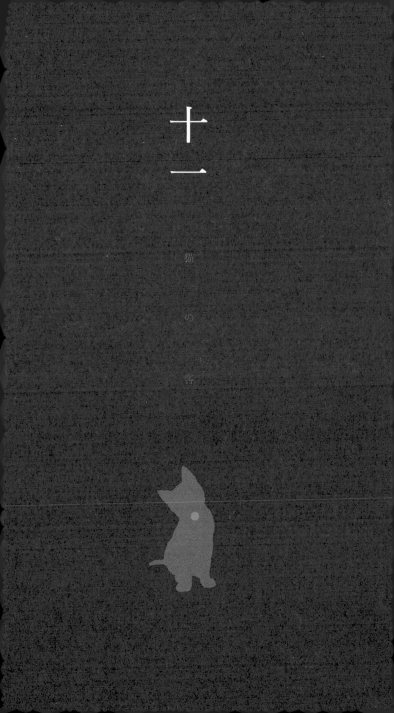

연못에 고인 쓰레기를 퍼내고 바위와 나무 우듬지 사이의 거미줄을 털어내고 잡초를 뽑아내는 작업을 글 쓰는 틈틈이 심심풀이 삼아 계속했지만, 정원은 주름과 깊이를 가진 광대한 공간으로 변모해서 유지를 위한 과제를 줄줄이 던져주었다. 세세한 부분까지 관여하기 시작하면 금세 반나절이 훌쩍 지나갔다. 벼락치기 서툰 정원사의 손은 정원 전체의 조화로운 구성이라는 지점에는 언제까지고 다다를 것 같지 않았다.

하지만 이 집과 정원은 앞으로 일 년 안에 매물로 내놓게 된다는 사실이 번뜩 생각나곤 했다. 그것을 잘 알면서도 이제는 이미 폐원閉園이라고 해도 무방한 부지의 한쪽 귀퉁이에서 마치 입주 정원사처럼 살기 시작하고 있었다.

교외의 실버타운에 입주한 할머니와는 뭔가 일이 있을 때마다 전화로 이야기를 나눴다. 두고 간 전화번호부를 뒤

적여 지인의 연락처를 알려주고 구청에 서류를 떼러 가기도 하고, 이런저런 자잘한 볼일을 대신해드렸다. 할아버지의 용태를 거의 매번 물어봤지만 서서히 나빠질 뿐이라고 하더니, 어느 날인가 근처 병원으로 모셨다는 소식이었다.

전화를 끊을 때쯤이면 번번이 할머니는 말했다.

———— 본채를 마음껏 써주면 좋겠는데.

냉방도 켜고, 라는 말이 난방도, 로 바뀌었을 때는 이미 가을이 깊어져 있었다.

이윽고 병원에 입원했던 할아버지가 세상을 떠나셨다. 따님에게서 기별이 왔지만, 할머니의 신신당부라면서 그 실버타운과 가까운 화장장에서의 장례식에 반쯤 초대되는 모양새로 참석하게 되었다. 집주인과 세든 사람, 본채와 별채의 관계는 기껏 3년 동안 이어졌을 뿐이지만, 참석자들 사이에 새롭게 먼 친척으로 편입된 듯한 심정으로 앉아 있었다.

이건 무슨 일인가, 하고 마음속으로 곱씹어보았다. 물론 아내와 할머니가 어쩐지 죽이 잘 맞았던 점도 있었다. 같은 부지 안에서 그리 가깝지도 멀지도 않은 거리를 유지하는 데 능숙했다고 할 수 있으리라. 하지만 역시 남은 남이어서 장례식장에서 돌아오는 길에 도코로자와 야구장에 들러 리그전의 승패를 가른 더블헤더 경기를 관전했다. 부부 모두 상복 차림인 채 처음으로 파도타기 응원에 참여하기도 했다. 그러면서 그것이 할머니의 가르침을 따르는 것이라고 느꼈다. 할머니는 항상 티내지 않는 배려 속에서 자연스럽게 행동하는 게 소중하다는 것을 보여주시곤 했다.

──────── 아이가 없으면 없는 대로 괜찮아. 굳이 낳지 않아도 돼. 아예 그게 더 좋을 수도 있어.

부엌 마루 끝에 앉은 아내에게 할머니가 이따금 들려준 말이었다. 아내의 말에 따르면 단순한 위로라고는 할 수 없는, 체관諦觀과도 같은 통찰의 느낌이 있었다고 한다. 그렇다고 자녀 문제로 너무 고생해서 이제 지긋지긋하다는 식으로는 도저히 보이지 않았다. 네 명의 자녀라고 들었던 이들 중에 이따금 기회가 닿아 직접 만나본 사람도, 장례식 때 처음 소개받은 사람도, 모두 훌륭한 가정을 꾸린 듯한 느낌 좋은 어른들이었다. 할머니가 들려준 말은 그러니까 뭔가 좀 더 심묘深妙한 뜻을 담은 것으로 여겨졌다.

그 칠월칠석날부터 본채 툇마루의 유리문을 낮 시간에만 활짝 열어놓도록 했다. 양실에 있던 할아버지의 침대

옆 탁자를 툇마루로 옮겨 작은 책상으로 삼고, 정원이 정면으로 내다보이는 위치에 응접실에서 쓰던 깊숙한 팔걸이 의자를 옮겨 놓고 앉아서 글쓰기 작업을 시작했다. 혹서의 날에도 에어컨은 틀지 않았다. 원래부터 그리 좋아하지도 않았고 처마가 깊은 구조의 집이라서 그럴 필요도 없었다.

오래된 본채의 휑한 공기 속에 있으면 가재도구의 기척이 적은 만큼 집 자체의 기척이 진하게 느껴졌다. 내 집이 아닌 만큼 농밀하게 자욱한 뭔가가 느껴지는 것이다.

별채에서 전화가 왔다고 불러서 잠시 자리를 비웠다가 다시 돌아오면 옆집에서 정원으로 건너와 놀던 치비가 집 안에 들어왔다가 당황해서 급한 걸음으로 도망치는 일이 있었다. 별채에서였다면 달아나지 않았을 텐데 이곳에서 마주치면 다시 또 다른 관계가 생겨나는 모양이었다.

할아버지의 소파에 온종일 앉아 있노라면, 나비와 벌이 마루를 날다가 방 안의 어둠에까지 살금살금 기어들었다. 이 방 저 방을 옮겨가며 오래도록 머물다 가는 일도 있었다. 검은 날개에 요사스러운 청색이 돋보이는 청띠신선나비가 하늘하늘 날아와 한참동안 방석 가장자리에 앉아 있기도 했다.

그렇게 연호가 바뀐 1989년도 여름이 지나고 가을이 깊어가려 하고 있었다.

밤이 깊도록 벌레소리 속에서 꼬박꼬박 작업을 해나갔다. 풀을 깨끗이 베어낸 초록빛 반구체半球體가 겹겹이 보이는 교토식 정원 풍경은 그야말로 옛 잡지의 화보에 흔히 등장하는 지나치게 잘 꾸며진 작가의 작업실 같아서 현실감이 없을 정도였다. 하지만 머지않아 이 자리도 빼앗긴다고 생각하면 오래도록 밀린 일거리를 지금 이때에 꼭 해치우지 않으면 안 된다는 괜한 초조감이 일었다.

어느 날 밤늦은 시간, 누군가 열릴 리 없는 현관문을 열고 들어오는 소리가 났다. 긴 복도를 건너 나가봤더니 50대쯤 되는 양복 차림의 사람 그림자가 어른거렸다. 모습이 아직 보이지 않을 때부터 이쪽의 이름을 크게 부른 것은 우선 안심하게 해주려는 배려였다.

———— 미리 전화하고 오려고 했는데 그만……. 아, 그냥 그대로 괜찮아요.

장례식 때 인사했던 할머니의 아들 중 한 사람으로, 어느 회사의 임원이라고 들었다. 쇼난湘南에 살고 있어서 도쿄 시내에서 업무를 보다가 늦어질 때는 집에 가서 잘지도 모른다, 라고 할머니에게서 얘기는 들었다.

툇마루에 놓인 할아버지의 탁자에는 자료 책자와 글을 쓰던 원고지가 산더미처럼 가득히 올라와 있었다. 그밖에는 주위가 온통 휑뎅그렁할 뿐이었지만, 그야말로 익숙한 집이라는 듯 술 취한 기분인 채로 그는 양복을 벗고 넥타이를 느슨하게 풀었다. 이쪽의 너무 편한 옷차림을 나무라는 꼴이 되지 않게 일부러 그러는 것인가 싶기도 했다.

─────── 작업, 어서 계속해요, 응.

이라고 친절하게 말해줬지만, 정리할 것을 정리해서 서둘러 별채로 물러나왔다.

十二

猫の客

치비는 사람에게는 무뚝뚝하면서도 동측 옆집에서 이쪽 정원으로 들어오면 몸도 마음도 단번에 바뀐 것처럼 초록의 너른 공간에 구석구석 코를 박고 골똘히 들여다보고 앞발을 들이밀고 때로는 춤이라도 추듯 폴짝폴짝 뛰고 한계를 잃은 듯 전속력으로 뛰어다니기도 했다. 그런 행동은 할머니가 떠나고 등롱에 불도 켜지지 않게 된 날들의 심야에도 새벽녘에도 계속되었다.

치비에게 그곳은 숲과도 같은 곳이었으리라.

함께 발길 닿는 대로 걷다 보면 어느 순간, 이 장소의 모든 것에 감탄했다는 듯 온몸을 꿀렁거리면서 일대를 마구잡이로 질주한 뒤에 우뚝 선 나무의 높은 곳까지 기어올라 좀 더 머나먼 어딘가로 일탈하려는 듯 허공에 몸을 드러내고 파르르 떤다, 라는 동작의 전 과정을 지켜보곤 했다.

넓은 부지를 똑같은 임대료로 이용할 수 있고, 작은

탐험자처럼 고양이 손님과 마음껏 놀며 돌아다닐 수 있었지만, 이 놀이에는 미리감치 시한이 정해져 있었다.

10월에 할아버지가 돌아가시자 할머니는 오래전부터 해온 결심을 네 명의 자녀들을 향해 공식적으로 밝혔다. 몇 년 전부터 시작된 땅값 급등으로 인해 고액의 상속세가 발생한다, 그에 대한 해결책으로 이 집과 토지를 모두 매각한다, 라는 것이었다. 집이 매각될 때까지 유예기간은 해가 바뀌는 1990년 8월이라고 했다. 치비와 이별할 것을 생각하면 밤마다 하는 놀이가 슬픔 비슷한 것이 되었다.

이곳에서 계속 머물기 위한 방책을 궁리했다. 하지만 방책의 몇 가지는, 3년 전쯤부터 전국적으로 급격히 뛰어오른 땅값의 벽 앞에서 무력하기만 했다. '필지 분할'이라는 단어를 알게 된 것은 그러한 흐름 덕분이었다.

머릿속에서 별채만을 남기는 아슬아슬한 선을 긋고 토지를 남북으로 분할해보았다. 이 토지를 매입하면 치비와 함께하는 생활을 이어갈 수 있다. 하지만 그렇게 해봐도 도저히 손이 닿을 만한 가격대는 나오지 않았다.

치비 입장에서 바라볼 때의 상상이 가슴을 괴롭게 만들었다.

어느 날 갑작스럽게 항상 잠자러 가던 집이 닫혀 있다. 창문에 발을 딛고 안을 들여다보니 텅텅 비었고 깜깜하다. 출입구도 막혀 있다. 하루에 몇 번씩 다시 찾아가본다. 머리로 부딪쳐도 본다. 아무도 없다. 이윽고 철거업자가 들이닥치고 폐허가 된 집과 정원을 거칠게 부수기 시작한다······.

그러나 그것도 인간이 생각해낸 상상의 시선에 지나지 않을 것이다.

근처 부동산중개소에서 임대 물건을 찾기 시작했다. 하지만 근처에서는 적당한 거처가 눈에 띄지 않았다. 치비와 멀리 떨어지지 않아도 될 수 있게, 라고 느티나무를 중심으로 소용돌이를 바깥으로 말아나가는 순서로 새 집을 찾아보기로 했다.

———— 아예 몰래 데려가버릴까?

일부러 소곤소곤하는 목소리로 그렇게 말해봤더니 아내는 힘없이 웃었다.

이토록 집과 마음속에 들어와버린 자가 왜 아직도 손님인 것인지 이해를 못하겠다는 웃음이었다.

十三

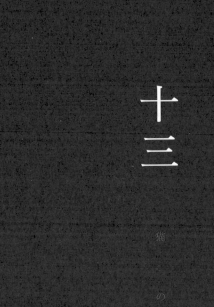

猫

の

客

11월도 지나고 정원에 핀 크로커스 꽃의 연한 보랏빛도 시들어가고 있었다.

아내가 구근을 심는 참에 치비가 등 뒤로 몰래 다가와 파헤쳐둔 구멍에 머뭇머뭇 한쪽 앞발을 밀어 넣으며 좀 더 파야지, 라는 몸짓을 해주었던 그 크로커스다.

가을도 깊어져 느티나무 잎사귀가 쏟아지듯 떨어지자 드디어 본격적으로 집 구하기가 시작되었다. 그런데 왜 그런지 치비의 방문은 전보다 더욱더 빈번해졌다.

실제로 집에 와 있는 시간이 때로는 반나절을 넘는 경우도 있었다. 집에 와 있다고 해도 다다미방 한쪽 구석의 귤 박스 안에서 아내가 구워준 전갱이를 먹거나 창가의 책상 위에 자리를 잡고 바깥 경치를 내다보는 것 외에는 대부분 잠을 잤다.

반 간間 붙박이장의 위 칸을 향해 경대를 딛고 가리개

천 틈새를 가르며 이불더미로 폴짝 뛰어오르는 모습을 지켜본 다음에는 한참동안 그냥 그대로 가만히 놔두었다.

　적당한 때를 노려 아내는 가리개 천 끝을 잡고 살짝 안을 들여다본다. 대개는 혓바닥으로 몸단장이 한창이고, 문득 그 몸짓을 잠시 쉬면서 어깨 너머로 자신을 들여다보는 자를 쏘아보기도 한다. 조금 지나 다시 들여다보면 벌써 몸을 둥글게 말고 눈꺼풀이 녹아든 것처럼 잠들락 말락 하고 있다. 좀 더 시간이 지나면 하얀 배를 가만가만 출렁이면서 완전히 마음 놓고 잠들어 있다.

　가리개 천 틈새로 관찰하는 아내의 모습을 지켜보는게 재미있었다. 그 억누른 웃음에서 치비의 잠든 모습이 다양하게 상상되었기 때문이지만, 꼭 그것만은 아닌 중간치의 재미가 있었다.

　치비의 출입은 하루에 열 번을 헤아리게 되었다. 우리집에서의 잠은 두세 시간 길이로 하루에 세 번쯤 되풀이하는 것이었다. 원래 보호자인 옆집 사람들이 잠이 들면 아직 불빛이 환하게 켜진 이쪽 작은 별채로 경계선을 침범하여 찾아온다. 그때부터 같이 놀아달라는 몸짓에 따라 어두운 정원에서 공놀이가 시작된다. 이윽고 공놀이에도 지치면 날이 밝기 전에 스스로 붙박이장에 올라가 잠을 잔다. 적당한 어슴푸레함과 사람 냄새와 부드러운 이불, 삼박자가 모두 갖춰진 기분 좋은 단골 여관쯤으로 생각하는 모양이었다.

밤마다 책상 앞에 붙어 앉아 일하던 부부는 그 뒤를 따르듯이 잠자리에 들었지만, 이 작은 손님은 늦어도 아침 7시 40분에는 일어나 귤 박스에 준비된 먹을 것과 그 바깥에 놓인 접시의 우유로 식사를 마치고 서둘러 떠나갔다.

그때마다 총총걸음인 것은 아무래도 옆집 사내아이가 유치원에 가는 것을 배웅하기 위해서인 모양이라고, 차츰 알게 되었다. 번개골목 모퉁이쯤에서 주의를 거듭하는 젊은 부인과 씩씩하게 대충 흘려듣는 사내아이의 목소리를 우리 쪽은 아직 반쯤 잠의 늪에 빠진 채 듣곤 했다. 그래도 치비가 그 자리에 반듯하게 서서 때맞춰 폴짝폴짝 뛰듯이 배웅하는 것 같다, 라는 것도 알게 되었다. 엄마와 아이가 주고받는 말소리에 방울 소리가 섞였기 때문이다.

배웅이 끝나면 정원 탐험이나 조금 더 넓은 주변 일대의 탐색을 마음 내키는 대로 계속하는 모양이었다. 그 틈틈이 이웃집에 마련된 자신의 거처에 들러 배를 채우고 잠시 선잠을 잘 계획도 있었는지 모른다. 때에 따라서는 우리가 일어나기 전에 다시 찾아와 붙박이장의 가리개 천을 살짝 발로 젖히고 이불더미 위로 훌쩍 뛰어올라 다시 잠이 들기도 하는 것 같았다.

늦은 아침에 눈이 뜨여 일어날 때마다 아내는 가리개 천 틈새를 들여다보았다.

─────── 얘, 이제 우리 집 고양이 아니야?

잠든 모습을 살짝 들여다보며 흐뭇한 듯 말하곤 했다.

잘 먹고 잘 자고, 이토록 융통무애融通無礙로 드나들고 보니 이웃과의 경계의 의미도 점점 미심쩍어지게 마련이다. '왔다, 돌아갔다'라고 했던 말투도 어느새 '돌아왔다, 가버렸다'라는 말로 바뀌었다. 둘이 함께 외출했던 날에는 집에 돌아와 현관문을 열면 어둠침침한 현관 앞 작은방에 앞발을 가지런히 맞추고 부모 기다리던 아이처럼 맞아주는 일도 있었다.

─────── 우리 고양이지.

라고 말하는 아내는 우리 고양이가 아니라는 것을 알고 있었다. 그래서 한층 더 자신에게 보내준, 아주 먼 곳에서의 선물이라고 굳게 믿는 기색이었다.

十四

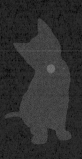

빈번하게 드나들게 된 뒤에도 치비는 울지도 않고 품에 안기지도 않았다.

그것은 여름의 일이었다. 어느 날 한밤중, 우리가 깊이 잠든 뒤에 웬일로 퉁탕퉁탕 소리를 내며 주위를 뛰어다녔다. 이부자리를 깔면서 창가에 밀어뒀던 탁자에 올라가 맞은편의 활짝 열린 유리문 너머 방충망에 찰싹 달라붙었을 때는 뭔가 심상치 않구나 하며 눈이 번쩍 뜨였다.

격자 안쪽의 방충망 높은 곳에 도마뱀붙이처럼 달라붙은 채 목을 길게 빼고 담장 너머 자신의 집을 쳐다보려하고 있었다. 그런 상태에서도 한 마디도 소리 내어 울지 않았다. 이윽고 아내가 눈치를 채고 살펴보니 소출창이 닫혀 있었다. 전날 저녁에 웬일로 현관을 통해 들어와서 치비의 전용 출입구를 열어두는 것을 깜빡했던 것이다. 이후로 그것을 '치비의 망향望鄕'이라고 이름 짓고, 사회적으로도 드문 일일 터인 그 모습을 이따금 떠올리곤 했다.

역시 우리 집 고양이가 아니다, 라는 것을 아내는 또 다른 방식으로 깨닫고 있었다.

그것은 가을의 일이었다. 옆집이 부재중일 때 택배를 대신 받아뒀다가 귀가한 기척을 틈타 가져다주러 갔다. 문을 활짝 열어둔 현관에서 벨을 누르고 기다리고 있으려니 부인이 아니라 치비가 나왔다. 아내는 거기서 어안이 벙벙해졌다. 매일 밤낮으로 찾아와도 결코 우는 일이 없었던 치비가 길게 인사를 차리기 시작했다는 것이다. 그 내용은, 항상 신세를 진 것에 대한 인사라기보다 좀 더 겉치레를 차리는 것으로, 이를테면 날씨 인사나 이웃 간의 공치사였던 것 같다, 라고 아내는 신중하게 되짚어가며 이야기해주었다.

서로 마음이 통한다고 생각했던 아내조차 제대로 목소리를 들은 것은 그때 딱 한 번뿐이었다. 하물며 성인 남성이고 보면 항상 조금쯤 거리를 두는 눈치였다.

겨울로 접어든 어느 날 오후, 본채 부엌에 딸린 조그만 반지하 창고에 들어가 난방용 석유를 넣고 있는데 활짝 열린 판자문을 지나 치비가 내려왔다. 콘크리트로 다져진 발판 위를 가만가만 걸어 선반 위로 뛰어오르더니 거기서 앞발을 가지런히 하고 앉아 내가 하는 작업을 지그시 지켜보기 시작했다. 자동펌프로 스토브에 석유가 차기를 기다리는 동안 아내가 항상 노래하듯이 말을 건네는 그 가락을 나도 흉내내봤다.

─────── 우리 둘이 지하실에 와 있구나.

그러자 치비는 앞발을 맞추고 몸을 앞으로 숙인 채 이쪽을 빤히 노려보며 맹수의 소리가 날 것 같은 입 모양을 지었다. 나아가 당장 몸을 날려 덮칠 듯한 동작까지 해보였다. 그것은 숙녀가 치한을 향해 선수를 치는 위협의 일종이라고 받아들여도 틀림이 없는 몸짓이었다.

또 다른 날에는 뜰을 마주한 현관문을 열어두었는데 총알 같은 기세로 들이닥치더니 댓바람에 가구와 작은 상자 사이의 좁은 틈새로 몸을 숨겼다. 꼬리를 이쪽으로 내보인 채 딱할 만큼 바들바들 떨었다. 뒤를 돌아보니 문 근처에 남측 이웃집에서 기르는 삼색털고양이 미케가 눈빛을 번득이며 잔뜩 웅크리고 있었다. 아마도 영역 다툼이라기보다 이 집에 마음대로 드나드는 치비를 질투해서 공격했다는 것은 며칠 전 정원 소나무 위로 쫓겨간 치비를 구해줄 때도 나름대로 짐작이 갔었다.

'미케'는 번듯한 삼색털고양이였다. 치비만 자유롭게 드나드는 게 허락되고 그것 때문에 미케는 치비를 공격한다, 라는 순환이 시작된 것 같았다. 치비가 공격당하면 미케는 한층 더 미움을 받는 처지가 된다. 그러면 그 면상이 묘하게 더욱더 험상궂게 변했다. 남측 자기 집에서는 분명 자신의 가장 사랑스러운 면을 보호자에게 내보일 텐데, 라고 아내는 말했다. 그래서 사랑받지 못한다는 생각이 들지 않게 하려고 정원에서 눈에 띌 때마다 이름을 불러주기로 했다는 것이다.

'도로'는 이미 할머니 단계에 들어선 것처럼 보였다. 묵색과 진흙색이 어지럽게 흩어진 무늬를 하고 있지만 눈동자는 맑고 큼직하고 침착해서 어딘지 정겨운 느낌이 들었다. 그러면서도 남의 집 창문과 문을 여는 것에는 그 나름의 사정이 있었기 때문일 것이다. 이 길고양이는 자신의 가장 사랑스러운 모습을 예전에 누군가에게 내보인 적이 있었던 게 아닌가 짐작하게 하는 구석이 있었다.

아내 혼자 방에 있었던 날 밤, 소출창에 드리운 천이 흔들리고 치비가 들어오는 발소리가 났다. 하지만 나타난 것은 도로였다. 출입구가 평소보다 넓게 벌어져 있었는지도 모른다.

들어와 놓고는 아내와 딱 눈이 마주치자 깜짝 놀라 돌아나가려다 출입구에 부딪혀 쿵 소리가 났다.

──────── 우습기는 했는데, 어쩐지 너무 가엾더라.

라고 아내는 절절히 이야기했다. 묘하게도 도로와 치비는 죽이 잘 맞는 것 같았다.

아내는 또 치비가 번개골목의 판자 담 위에 있을 때, 바로 아래의 길에서 도로가 배를 내보이며 몸을 굴리는 것을 봤다고 했다. 그러고는 도로는 북측 화단으로 뛰어들었던 것인데 곧바로 치비가 그 뒤를 쫓아갔다. 두 마리가 사라진 어둠 속은 조용했다.

한참 지나서 혼자 찾아온 치비에게 아내는 물었다.

──────── 도로는 너하고 친구야?

할머니와 손녀딸 정도로 나이 차가 났기 때문에 도리어 다툼이 없었던 것인지도 모른다. 북측 판자 담 뒤편, 지나가는 사람의 상을 만들어내는 그 옹이구멍 아래쯤에서 치비와 도로가 오래오래 이야기를 나누는 듯한 장면도 또다른 날에 아내는 봤다고 한다.

──────── 담담하면서도 친밀한 게, 마주하고 야옹

92

야옹 대화하는 게 아니었어. 뭔가 신상에 대한 상담을 하는 것 같더라고.

그렇게 말하며 고개를 갸웃거렸다.

미케에게 쫓겨 총알같이 도망쳐온 날로부터 다시 며칠쯤 지나 아내 혼자만 있었던 1월 늦은 아침의 일이었다.

잠이 깨어 일어나서 식사 준비를 하는데 잠시 뒤에 치비가 붙박이장에서 방바닥으로 내려서면서 비틀거렸다. 그 상태가 범상치 않았다. 등줄기의 하얀 털이 쥐어뜯긴 듯 빠져서 불그레한 살갗까지 보였다. 아내를 잠시 올려다보더니 그 길로 치비는 천천히 옆집으로 돌아갔다.

그 밖의 외상은 없었다. 허둥거리는 마음을 억누르며 책상 앞에 앉아 아내는 급한 일거리를 어떻게든 시작해보려고 했다. 채 15분도 지나지 않은 참에 치비는 되돌아왔다. 몸통이 붕대로 둘둘 말려 있었다. 그러고는 이런 꼴이 된 제 몸을 봐달라는 듯이 책상 위로 훌쩍 올라왔다. 의지가지없는 듯한 모습을 아내에게 내보이고 앉아서 한층 더 가녀린 눈빛으로 아내를 빤히 응시했다.

아내도 빤히 마주보았다. 이제 곧 다가올 이별이 머릿속에 떠오르는 가운데, 역시 내 고양이가 아닌 것인가, 아니, 내 고양이가 되고 싶은 것인가, 하고 뭔가에 뒤흔들린 것처럼 고민했다. 눈물이 후두둑 떨어지는 것을 치비는 깊은 초록빛 눈으로 지그시 보고 있었다.

十五

1990년에 들어서 2월도 중반이 되었다.

낮에도 드나들지만 한밤중에도 꼭꼭 찾아오는 것은 보호자 가족이 모두 잠들었기 때문인 게 틀림없었다. 일이 바쁠 때도 날이 추울 때도 치비를 접대하며 정원에 나가는 것은 아내의 기쁨이 되었다.

치비는 즐겨 정원 한가운데 작은 소나무에 올라갔다. 탁구공을 눈앞으로 던져주면 배구의 스파이크 공격처럼 잽싸게 쳐서 떨어뜨린다. 그것을 수없이 되풀이해도 양쪽 다 싫증나는 일이 없는 모양이었다.

밤의 집 안 부지에서 치비가 원하는 쪽으로 따라가다 보면 아내와 함께 본채에 들어가는 일도 있었다. 가구를 대부분 처분해버린 그저 휑뎅그렁하고 어둠침침한 집 안이다.

큰 방의 도코노마 옆에는 아카리쇼인(도코노마 옆에 방 안쪽으로 책상 높이만큼 내어달은 짧은 서재로 위에는 창호지나

유리문을 달아 빛을 끌어들여 책을 읽도록 했다 – 옮긴이)이 만들어져 있었다. 달빛을 은은히 투과하는 창호지 문을 등지고 짧은 책상 위에 배를 깔고 엎드린 치비에게 탁구공을 굴려주면 살짝 쳐서 돌려준다. 대체 언제까지 하려나, 옆에서 생각하곤 했다.

방범을 위해 켜둔 현관의 상야등常夜燈과 별채에서 건너오는 불빛 외에는 달빛이 가까스로 물건의 형태와 색깔을 그려냈다. 어둑어둑한 집 안에서 작고 하얀 탁구공이 뛰면서 단단한 소리를 낸다. 그것을 좇는 자그마한 생명체도 달빛을 휘감고 하얀 구슬이 된다.

낮 시간에도 치비는 매화 꽃잎을 등짝에 붙여가며 꽃등에를 내리치고 도마뱀 냄새를 맡고, 정기精氣와 혼돈이 깃들기 시작한 정원에서 언제까지고 뛰어놀았다.

갑작스러운 나무 오르기는 마치 번개로 둔갑한 것 같은 모습이었다. 번개는 대개 위에서 아래로 내달리는 법이지만 이 번개는 아래에서 위로 내달린다. 치비가 전격적인 동작으로 감나무에 오르는 것은 앞서 말한 아내의 노트 속에 '번개의 날카로운 끝처럼'이라고 묘사되고, 또한 '번개치는 것을 도와주듯이'라는 또 다른 표현도 있었다. 아, 그래, 아닌 게 아니라 그런 느낌이지.

그러자 《일본서기》에 수렵의 신을 묘사한 이런 기록이 있다는 게 생각났다.

> 문 앞 우물가 나무 밑에 귀한 손님이 있으니, 그 용모가 비범하여 보통사람이 아닌 것 같다. 만일 하늘에서 내려왔다면 하늘의 티끌이 있을 것이고 땅에서 왔다면 땅의 티끌이 있을 터인데 참으로 오로지 아름답다. 천손天孫이라 하는 자인가.

감나무 우듬지 끝까지 올라가 바람의 다양한 변화를 날카롭게 살피면서 다음 순간에 대한 태세를 취하는 모습은 하늘에서도 땅에서도 벗어나 또 다른 틈새로 뛰쳐나가려는 듯한 모습이었다.

고양이는 보호자에게만 마음을 허락한다, 그래서 가장 사랑스러운 모습은 보호자 앞에서만 내보인다, 라고 들었다. 고양이를 소유하는 것을 알지 못한 채 단지 기르는 상태만을 실제처럼 맛보고 있는 부부에게 치비는 자신의 가장 어리광 부리는 모습을 내보인 적이 없을 터였다.

하지만 그 덕분에 도리어 치비는 보호자조차 알지 못

하는, 아양 떠는 일 없는 순진무구한 본연의 모습을 보여주었다. 치비에게서 받은 신비한 느낌의 유래는 간단히 분석하자면 그런 것이 아닐까, 하고 생각하곤 했다. 그 가장 두드러진 모습이 '번개잡기'라고 불리는 것이었다.

'번개잡기'라는 것은 동판화에서 출발한 어느 화가의 전설적인 컬러 리토그래프(석판화) 및 엔코스틱(납화蠟畫)에 의한 연작의 타이틀이기도 하다. 예전에 오사키大崎 미술관에서 열린, 판화 작업으로만 범위를 좁힌 회고전에 불려가 화가 본인과 함께 공개 정담鼎談을 나눈 적이 있다.

이 화가에게 '번개잡기'란 무엇인가. 그것은 색채에 관한 화가의 오랜 세월에 걸친 탐구의 심연에서 결연히 솟아오른 듯한 제작 행위였다. 그의 작업인 '번개잡기'는 색채라는 것이 물질이나 대기에서 태어나 이미지와 더불어 변환變幻하고 생동生動해나가는 그 현장을 통째로 사로잡는다는 것, 이라고 설명해두고자 한다.

일반적으로 화가가 색채나 이미지를 자연 속에서 추출해 포착하고 그것을 화면에 정착시키려는 것이라고 한다면 이 화가는 결코 정착되는 일이 없어서 물질이나 대기의 움직임과 동시가 아니고서는 존재할 수 없는, 흘러가는 그대로의 색채나 이미지를 자연에로 헤치고 들어가 사로잡으려 한다는 의미에서 아마도 레오나르도 다빈치의 계보에 속할 것이다.

정담에서 나눈 소소한 얘기 한 가지가 다시 생각났다. '번개잡기'인가 아니면 '번개잡이'인가, 라는 것이었다. 화가 본인이 웃기만 하고 답을 주지 않으면서 비평가인 또 한 명의 참석자와의 사이에서 의견이 엇갈렸다. 단적으로 번개 자체를 잡는 것이 '번개잡기', 그리고 번개 같은 움직임으로 뭔가를 잡는 것이 '번개잡이'라는 것이 내가 주장하고 싶었던 어감이다.

두 종류의 연작 중에서 엔코스틱이라는 것은 밀랍을 전색제展色劑로 쓴 그림물감에 의한 묘사법이다. 화가는 질퍽질퍽하고 속건성이 있는 밀랍을 일부러 사용했고, 그 때문에 눈 깜짝할 사이에 이미지를 포박할 수밖에 없는 '번개잡기' 작업을 모노크롬으로 행했다.

또 하나의 컬러 리토그래프에 의한 연작 '번개잡기'의 경우, 색채는 석판 위에서 차원을 바꿔 나타나고 뒤흔들린다. 하나의 차원에서 또 다른 차원에로의 뒤흔들림 그 자체가 잡아내야 할 포획물인 것이다.

이렇게 보면, 일부러 견강부회를 하고 싶어지기도 한다. 즉 번개같이 빠른 속도로 뭔가를 포획하는 전자는 '번개잡이'고, 번개로서 나타나는 색채를 포획하는 후자는 '번개잡기'다, 라고.

그 어감에 따른다면, 이 폐원에서의 치비에 의한 '번개잡기'는 동시에 그 양쪽이었다는 느낌이 든다. 즉 이 고양이는 번개 같은 움직임으로 번개를 포획하려고 한 것이다.

그 뒤에 이 연작이 담긴 화집을 들여다보다가 그 똑같은 제목 옆에 아마도 화가 자신에 의한 것일 터인 영어 제목이 덧붙은 것을 발견하고 한바탕 놀랐다. 'Catcher of lightning', 즉 '번개를 잡는 자'라고 해서 그 행위의 주체를 나타내는 뜻이었기 때문이다. 그런 경우라면, 그러나 다시 한 번 읽는 방법이 달라지는 게 아닐까, 라고 생각했다. 번개를 잡는 행위 그 자체의 의미일 경우, '번개잡이'라고 평탄하게 읽는 것이 아니라 '번개잡이'라고 가벼운 악센트가 생겨난다, 라는 것이 내가 느낀 어감이라고 생각했던 것이다. 그리고 음운을 둘러싸고 나 자신의 귀도 치비의 그것처럼 작고 뾰족하게 엉뚱한 방향으로 살랑거리는 일이 있구나, 라는 생각이 들기도 했던 것이다.

정원 남동쪽에 서 있는, 거친 골조의 구조물에 문짝에는 철망이 쳐진 목제 창고는 정원 일을 능숙하게 해내던 할아버지가 접사다리나 연못을 퍼내는 투망, 원예와 목공 도구 등을 넣어두는 곳으로 썼다. 구 제국대학 공학부에서 야금학冶金學을 배웠다는 할아버지는 또한 광물 탐사나 지질 조사에 사용하는 측량기, 제도기 등을 그 창고에 옮겨온 낡은 책상의 서랍 속에 남겨놓기도 했다.

그 창고의 지붕 밑, 육량(陸梁. 가장 아래쪽에서 떠받치는 대들보 – 옮긴이)에 판자를 건너지른 부분도 치비가 즐겨 앉는 장소 중의 하나였다. '번개잡기'를 잠시 쉬고 창고 한쪽 끝에서 네 발을 품속에 넣고 밖을 내다보는 치비의 그 자리는 정확히 책상에 앉아 있는 나와 마주보는 위치였다.

어느 날 오후, 유리창 앞의 책상에서 작업을 하고 있는데 정원에서 아내가 슬퍼하는 듯한 목소리가 들렸다. 칸막이 판자 담 때문에 치비밖에 보이지 않았지만, 창고 지붕과 육량 사이로 얼굴을 내민 치비를 올려다보며 이제 곧 헤어지지 않으면 안 된다는 말을 해주고 있는 것 같았다.

─────── 너는 아니? 모르니?

치비는 평소와 똑같은 모습이었다. 다시 말해, 자신의

관심은 천문天文이나 동식물에 있을 뿐 인간세상의 일 따위와는 관계없다, 라는 표정이었다. 이쪽에서는 보이지 않는, 틈새에 무차별적으로 침투하는 흐름에 대해서만 언제까지고 뾰족한 귀를 지그시 기울이고 있는 것 같았다.

十六

3월이 되었다.

하늘에 만월을 앞둔 달이 걸린 토요일 저녁나절, 아내와 둘이 번개골목의 동쪽 편으로 방향을 잡고 지유가오카에서 개최되는 '번개잡기' 화가의 개인 전시회장으로 걸음을 서둘렀다. 전차를 이용하면 일단 도심을 경유하기 때문에 한 시간쯤 걸리지만 최단 코스를 잡아 자전거를 타고 가면 30분 정도면 도착할 터였다.

자전거를 떠안고 쪽문을 빠져나와 슬슬 밀면서 번개 모양의 모퉁이를 꺾어들었을 때였다. 옆집과의 경계, 즉 판자 담의 틈새를 막으려고 둘러친 철조망의 뚫린 곳을 스윽 빠져나오는 치비를 보았다. 착지하자마자 등을 돌리고 거친 풀밭 지름길을 지나 별채 외벽을 남쪽으로 돌아갔다. 거기서 툇마루로 올라가 소출창에 만들어둔 자신만 드나들 수 있는 출입구를 넘어 별채 마루방으로 들어갈 터였다.

경계를 넘어서는 모습을 그렇게 바로 옆에서 직접 목격한 적은 없었다. 우리 집에 오려고 하는 모습을 등 뒤에서 보는 것도 처음이었다.

이런 식으로 항상 제 집을 빠져나와 우리 쪽에 와주었구나, 라고 아내와 둘이 눈을 마주쳤다. 다시 집으로 돌아가고 싶다는 생각이 머릿속을 스쳤고, 그래도 가야지, 라는 생각이 그것을 지웠다.

화랑에서는 당사자인 화가와 함께하는 오프닝 파티가 있었다. 도록圖錄에 글을 써주었기 때문에 화가에게서 작은 원판으로 찍은 오리지널 그림을 선물받기도 했다. 하지만 어쩐지 마음이 들썽들썽했다.

전시회가 끝나고 친한 디자이너, 편집자와 커피를 마셨다. 이사해야 하는 사정을 설명하고 고양이가 계속해서 찾아온다, 복권에 일루一縷의 희망을 걸고 있다, 만의 하나 당첨되더라도 토지는 그 세 배 가격이고 분할 매매는 안 해줄 것이라는 얘기까지, 둑이 터진 듯 늘어놓았다.

9시 반에 헤어져 찻집을 나왔고, 다시 자전거를 끌고 30분 뒤에는 번개골목의 뒷길인 동쪽 편으로 들어가 집에 도착했다.

집을 비운 동안에 치비가 왔던 흔적은 아주 조금이지만 있었다. 귤 박스 안의 접시에 넣어둔 캣푸드가 약간 줄어든 것이다. 전갱이를 내놓지 않은 탓이라면서 아내는 곧바로 전갱이를 굽고 있었다. 하지만 그날 밤, 치비는 오지 않았다.

다음날인 일요일에도 오지 않았다.

——— 오이소大磯의 작은 집에라도 간 모양이지.

라고 아내가 말했다.

——— 바구니에 담겨서 외출했겠네.

나도 그렇게 대답했다. 작년 여름에 그런 것으로 짐작되는 며칠 동안의 치비의 부재가 있었다.

——— 밀짚모자도 쓰고, 그치? 주말이니까.

월요일은 세찬 비바람이 내리치는 날씨였다. 점심때쯤 검은 구름과 푸른 하늘을 한꺼번에 볼 수 있었지만 이윽고 날씨도 환하게 바뀌고 휘파람새의 지저귐이 정원을 중심으로 일대에 울렸다. 옆집에서 드럼이 울리고 있었다. 꽤 오래도록 요란하게 울렸다. 온 가족이 외출한 게 아니었나, 라고 의아했다. 그날도 치비는 오지 않았다.

——— 딸랑이, 안 오네?

되도록 내뱉지 않으려 조심했던 말이 아내의 입에서 새어나왔고, 그것이 빈도를 더해가기 시작했다. 방울 소리의 음역이 잘 안 들린다는 아내는 끊임없이 예고의 소리가 없는지를 물었다.

시간이 지난 전갱이를 버리고 아내는 새 것을 준비했다.

점점 견디기 힘들어지려는 참에 신주쿠의 바에서 술을 마시던 친구에게서 부인과 함께 나오지 않겠느냐고 우연한 청이 들어왔다. 새벽까지 마셨다. 집에 늦게 들어가면 그만큼 오지 않는 자가 올 가능성이 높아지고, 와줬으면 하는 자가 오지 않는 시간의 고통에서 조금이라도 달아날 수 있다, 라고 몸을 뒤틀어가며 내내 버티다시피 했다.

둘이서 아침에야 집에 돌아왔다. 손님이 왔다 간 흔적은 눈에 띄지 않았고, 세 시간쯤 자다가 속달편이 도착하는 바람에 깨어났을 때도 역시 오지 않았다는 것이 확인되었다.

서로의 숨소리가 들렸다. 저녁나절이 되자 집 안은 보이지 않는 수위가 범람의 한계에 달한 것처럼 느껴졌다.

아내에게 눈치채이지 않게 본채로 건너가 집주인 할머니의 구식 검은 전화기를 들었다. 전화번호부로 처음 알게 된 옆집의 다이얼을 돌리자 남자아이의 건강한 목소리가 질문에 답하기를, 아무도 없어요, 라고 했다. 고양이는, 이라고 마음먹고 물었다.

　　　　──────── 죽었어요.

라고 말했다. 언제, 라고 물었다. 그러자 힘차게,

　　　　──────── 일요일에.

라고 했다. 왜, 라고 묻자,

　　　　──────── 몰라요.

라고 했다. 죽음의 원인을 모르는 것인지 아니면 죽음의 의미를 아직 모르는 것인지, 아무튼 시원시원하고 힘차게 그 말만 했다.

　　본채의 비 덧문을 세차게 차례차례 닫았다. 발에 꿴 게타를 시멘트 바닥에 따각따각 울리면서 별채로 돌아와 고함치듯이 아내에게 치비의 죽음 소식을 알렸다.

十七

猫

の

客

부인이 시장에서 돌아오는 기척이 들렸다. 울며 엎드려 있는 아내를 놔둔 채 번개골목 모퉁이를 돌아 옆집 현관의 벨을 눌렀다. 지금까지는 골목에서 마주치거나 택배 물건을 건네줄 때 인사를 나누었을 뿐 직접 찾아가 이야기를 나눈 적은 없었다.

─────── 일요일 밤에 차에 치인 모양이에요. 하지만 외상은 없고 깨끗하고 온화한 얼굴로 길거리에 쓰러져 있어서……. 그게 아무래도 좀 이상했어요.

우선 이상하다는 그 말이 아주 자연스럽게 들렸다. 그렇다, 치비는 이상한 고양이다. 그쪽이 보호자이기는 하지만, 타인과 그것을 공유하며 이야기한다는 것에 마음이 조금 뛰놀았다.

─────── 처음에 치비가 어디선가 나타난 게 이쪽 골목이 아니라 언덕길로 나가 역 쪽으로 50미터쯤 올라가

면 현관 앞에 참억새를 심어둔 그 집 앞이었어요. 그 자리에서 저와 아들아이가 발견했었는데 우리 애를 따라왔죠. 그리고 이번 일요일 밤에 마침 그 똑같은 자리에 쓰러져 있었어요. 내가 시장에 가면서 품에 안고 데려갈 때 외에는 제 발로는 전혀 가지 않던 곳이었어요. 한밤중에, 아마 11시 반쯤이었나, 댁의 고양이 아니냐고 알려준 사람이 있어서 급하게 가봤는데……. 정말로 처음 나타났을 때와 완전히 똑같은 자리에서…….

흥분을 억누르고 어디까지나 부드러운 말투로 부인은 이야기를 이어갔다.

──────── 밤늦은 시간이고 휴일이라 병원도 문을 안 열어서……. 큰아이가 아침까지 계속 인공호흡을 해봤는데 결국 살아나지 않았어요.

고등학생 아들이 있다는 건 알고 있었다. 드럼을 친 것은 그였던가, 라고 생각했다.

──────── 정원의 작은 소나무 밑에 묻었어요.

옆집에도 소나무가 있는가, 라고 생각했지만 번개의 구부러져 꺾인 부분만큼 부지 남쪽 끝도 어긋나서 그 너머의 정원은 들여다보이지 않았다. 그 조금 더 남측에는 골목을 우회해 철 대문으로 들어가 사도使道를 타지 않으면 갈 수 없는 사택인 듯한 작은 공동주택이 있었다. 거기로 들어가 그 바깥 계단에서 정원을 들여다보는 데는 용기와 핑계거리가 필요했다.

부인은 미간을 좁히며 중얼거렸다.

—— 행복하게 살다 갔어요.

—— 치비가 항상 저희 집에 놀러와줘서 아내와 무척 귀여워했던 터라서……

—— 그렇습니까. 고맙습니다.

—— 저희 집에서 자고 가면 항상 정해진 시간에 벌떡 일어나 나갔는데. 그게 이 댁 아드님을 배웅할 시간인 것 같았어요.

—— 그렇습니까. 정말 고맙습니다.

공손한 인사를 받았다. 왜 그런지 세상 떠난 게 사람의 아이인 듯한 말투를 서로 간에 하고 있구나, 라고 생각했다. 좀 더 이야기하고 싶다, 라고도 생각했다. 언젠가 마음이 진정된 다음에 우리 쪽이 알지 못했던 면을 얘기해주셨으면 한다, 그리고 이 댁에서 알지 못하는 면을 말씀드리고 싶다, 라는 말이 목구멍까지 나왔다.

이제 막 추억이 된 수많은 장면들이 입을 뚫고 나오려는 것을, 하지만 그쯤에서 꾹 참았다.

──── 지금 황망한 참이시겠지만, 잠깐 성묘를 하게 해주실 수 없을까요? 언제라도 괜찮습니다만.

──── 알겠습니다. 다시 내일 아침에 전화해주세요. 오늘은 시간이 좀 늦어서요.

사체를 봉한 장소에 서고 싶다는 심리는 애초에 어떤 것일까. 이미 상실해버린 그것이 무엇으로도 대신할 수 없는 귀한 존재였다는 것을 확인하고, 그것과 앞으로 또 다른 차원의 통로로 맺어지고 싶은 심리일 것이다.

十八

猫の客

수요일 새벽에는 두 시간쯤밖에 못 잤다. 아내는 더 짧았던지 잠이 깨어 나가보니 딱히 뭘 본다는 것도 없이 툇마루에 멀거니 앉아 있었다.

말을 건네고, 훤해진 정원에서 매화와 서향과 수선을 꺾었다.

정원은 완전히 다른 집이 된 듯 정기를 잃은 것만 같았다. 어딘가에 치비의 잔영이 남아 있지 않을까 하고 여기저기를 사진으로 찍었다.

9시가 지날 때까지 기다렸다가 약속대로 옆집에 전화를 했는데 아무도 받지 않았다. 몇 번이나 다시 해봤지만 받지 않았다.

11시 지나서 걸었더니 부인이 수화기를 들었다.

──────── 한참 마음 아프실 텐데 죄송합니다.

──────── 미안합니다.

──────── 꽃만이라도 공양하게 해주실 수 있을까
요?

──────── 미안합니다. 다시 연락드리겠습니다.

부인의 작은 목소리는 탄식 사이에 간신히 나온 것이
었다. 매그럽게 일의 전후 사정을 들려주던 전날의 목소리
와는 전혀 딴판이었다. 꺼져가는 듯한 목소리라는 것이 아
니다. 작지만 단호한 것이었다. 하룻밤 잠도 안 자고 생각
한 끝에 답은 이걸로 흔들림이 없다, 라는 느낌이었다.

꺾어온 꽃이 쓸모없게 되어버렸다.

──────── 성묘도 못 하는 거야?

아내는 거듭 울었다. 이대로는 치비와 연결되는 상상
의 통로를 가질 수 없다, 라는 초조감이 일었다. 창고 뒤편
부지의 남동쪽 모퉁이에 서서 발돋움을 해봤지만 소나무는
커녕 정원 자체도 보이지 않았다. 매화와 서향과 수선은 다
다미방 귀퉁이에 귤 박스로 만들어준 치비의 방에 꽂았다.

치비를 강제로 불러들인 게 아니다, 라는 말을 전해야
한다고 생각했다. 치비는 자연스럽게 찾아와 자연스럽게
놀고 또한 잠을 잤다. 우리는 치비를 자유롭게 해주고 손도
대지 않도록 조심해왔다, 라고 전해야 한다고 생각했다. 그

런 경위를 조금씩 짧은 수필 형식으로 써서 소량 출간의 계간 잡지에 싣기 시작한 참이었다. 그 잡지 두세 권에 설명 편지를 덧붙여 옆집 우편함에 넣었다.

음식이 목을 넘어가지 않았다. 아내는 전갱이 접시를 다시 차려냈을 때 치비는 이미 이 세상에 없었다는 것을 특히 가슴 아파했다.

축 늘어진 아내를 보며 먼 곳으로의 이사는 도리어 위험하겠다고 생각했다. 그렇다고 고양이가 드나들 만큼 가까운 거리도 이제는 필요 없게 되었다.

저 느티나무가 보이는 곳으로 하자, 라고 생각했다. 저층 주택가에서 이만큼 무성한 거목이라면 높은 층의 창문에서는 물론이고 이층 창에서도 상당히 넓은 범위에서 나무 꼭대기나마 보일 터였다.

저 느티나무 아래 하나의 시간이 존재한다. 저 느티나무 그늘에서 자라는 작은 소나무 밑동에 소중한 구슬 같은 것이 잠들어 있다. 창문에서 그런 먼 풍경이 보인다면 느린 망각의 흐름에 몸을 맡기고 어떻게든 넘어설 수 있을지도 모른다.

도서관에 가서 일반인 대상 기하학 책을 펼쳐놓고 삼

각 측량에 대해 알아보았다. 그곳에는 고대인이 고안한 측량법을 알기 쉽게 설명한 그림이 실려 있었다.

가장 단순한 방법은 이런 것이다. 측정자의 그림자 길이가 측정자 자신의 키와 똑같아지는 순간에 높이를 측정하고 싶은 대상물의 그림자의 길이를 잰다.

다른 방법으로는 이런 것도 있었다. 측정 대상물의 그림자 옆에 막대를 세우고 서로 같은 두 개의 삼각형을 상정한 다음에 대상물의 높이와 막대의 높이와의 차가 두 개의 그림자 길이의 차와 똑같다는 것을 통해 높이를 알아낸다.

두 가지 방법 모두 동쪽에서 빛이 오는 오전 중에 정원 안에서 할 수 있는 측량이었다. 이 방법들은 밀레토스의 탈레스가 피라미드의 높이를 측량할 때 사용한 것으로 추정되는 방법이다. 그 경우, 딱 한 가지 어려운 점이 있었는데 그것은 피라미드의 그림자 길이를 밑변의 중심에서 측정해야 하는 것이었다.

이 어려움은 옆집 느티나무의 경우, 나무의 중심 위치에서 직접 측정할 수 없다는 것에 해당할 것이다. 하지만 현대에는 정밀하게 측량된 축척률縮尺率 높은 이 지역 지도가 있어서 그것을 병용하면 문제는 해결된다.

높이를 이미 알고 있는 느티나무의 꼭짓점이 어느 집 창문에서 보이느냐 마느냐는 얘기가 되면 언덕이나 창문의 높이를 측량하고 상상의 삼각형은 다시금 겹겹이 쌓여가게 된다. 우선 언덕이나 창문은 그림자를 만들어주지 않기 때문에 다음의 방법을 사용한다. 즉 올려다보는 측량자가 높이를 재고 싶은 한 지점을 가리키고 그 팔의 수평에서의 각도를 측정한다. 이 각도에 의해 삼각형의 꼭짓점의 좌표, 각 변의 길이, 방위각을 결정할 수 있다. 마지막으로 눈의 높이를 가산한다.

그에 따라 다음에는 느티나무의 꼭짓점과 새 집의 창문 사이를 잇는 직선을 가로막는 차폐물의 높이도 알아낼 수 있다. 이 차폐물이 직선에 걸리면 그것이 건물이 됐든 녹음이 됐든 지형 그 자체가 됐든 그 창문에서 느티나무는 보이지 않는다는 얘기가 된다. 그래서 우선은 일대의 언덕의 높낮이를 정확히 파악하고 느티나무의 꼭짓점이 보이는 지대를 측정할 것……

그런 생각들을 하기 시작한 것도 슬픔과 울분을 한 줄기 바람에 실어 달래보려고 한 일이었는지도 모른다. 실제로 그런 헛수고의 삼각측량을 해본 것은 아니다. 단지 고대

인의 측량법이라는 청랑晴朗한 것을 어떻게 해야 할지 알
수 없었던 내 위치에 적용해본다는 아이디어에 위로받고
싶었던 것에 지나지 않는다.

十九

수필을 건넨 것이 세상물정 모르는 일이었다는 것을 그때쯤에야 겨우 깨달았다.

그 일련의 수필은 분량도 적고 글 쓰는 방식도 분명하게 달랐지만, 결과적으로 이 소설의 첫머리, 즉 고양이가 나타나 함께 놀기 시작하는 처음 세 장의 줄거리 같은 것이었다. 잡지 몇 권을 모아 우편함에 넣어준 일이 그 연재에 관련해 다음 편의 게재를 삼가달라는 항의를 낳은 것으로 짐작되었다.

세상물정 모른다는 것이 딱히 그 일만을 가리키는 건 아니다. 그 집 부인의 입장에서 보면, 내 자식이나 다름없는 아이를 잃고 슬픔에 잠겨 있는 참에 알지도 못했던 그 아이의 또 다른 반쪽의 삶을 갑작스럽게 코앞에 들이댄 것이다. 성묘랍시고 내 집 정원에 불러들여 또 한 명의 '엄마'가 울기 시작하는 모습은 차마 지켜볼 수 없다. 그 죽음을 함께 탄식하는 것 따위, 가능할 리가 없다……

부인의 심리를 가능한 한 추측해보려고 했다. 그런 쪽으로 좀 더 일찍 생각이 미치지 못했던 것은 어리석다기보다 미숙했던 것이라고 생각했다.

그 뒤 몇 달 만에 그 잡지에, 갑작스럽지만 연재를 중단하겠다는 뜻을 밝히는 글을 건넸다. 그것은 이 소설에서는 갑작스럽게 고양이가 오지 않고 이윽고 고양이의 죽음을 알게 되는 대목까지에 해당한다. 작은 잡지라지만 버젓한 출판사에서 간행되어 일부 서점에서 시판되던 것이었다.

그 예의 바른 부인이 나중에 연락하겠다고 했으면서도 끝내 해주지 않았던 것은 그 나름의 비분이 있었기 때문이리라. 그 분노는 우리 쪽으로 향해진 것일 터였다. 거기에 내가 쓴 글까지 얽히면서 한층 더 풀기 어려운 일이 되었을 것이라고 짐작된다.

양해도 없이 그 아이를 애지중지한 것이 분노의 첫 번째 이유였을까. 하지만 애지중지 귀염을 받은 것 자체가 비분으로 이어질 만한 일인가? 양해도 없이, 라는 것이라면 만일 양해를 구했더라면 어떻게 되었을까. 밖에 내놓고 기르는 고양이는 무차별적으로 경계를 뛰어넘는다.

활자화된 글을 보고 옆집에서는 자신들이 사랑해온 것을 남에게 가로채인 듯한 소외감을 느꼈던 것일까. 거기서 두 번째 분노가 생겨났던 것인지도 모른다.

하지만 글을 쓴다는 것은 어떤 의미에서도 가로채는 것은 아니다. 글을 쓴다는 것 또한 무차별적으로 소유의 경계를 뛰어넘는다. 어디까지쯤 추구해서 글을 쓰는 것으로 이웃과의 경계에 아직 붕 떠있는 상태의 그것을 경계째 정화하는 것은 불가능할까.

남쪽으로 700여 미터 떨어진 곳에 연립주택 물건 하나를 살펴봤지만 창문 방향이 달라 느티나무가 안 보인다고 고개를 저으며 돌아온 참이었다.

번개골목을 쪽문을 향해 둘이서 걸어가다가 평상복 차림에 맨손인 남자와 마주쳤다. 마주치기 한참 전부터 남자는 앞쪽을 노려보고 있었다. 점점 가까워질수록 고개가 이쪽으로 돌려지는 모양새였다. 마주 지나칠 때는 살기마저 감돌았다. 집에 들어서자 아내는 한숨을 내쉬었다.

─────── 대체 왜?

그러고는 방금 그 남자가 옆집 남편이라고 알려주었다. 그토록 강한 시선으로 미움을 받아본 적은 없다, 라고 말했다.

초등학생 때 집에서 기르던 개가 이따금 혼자 돌아다
니다가 이웃집에서도 귀염을 받았던 경험을 아내는 이야
기했다. 거기에는 자신이 아끼던 동물이 '자기 좋을 대로
하는' 것을 지켜봐준 데 대한 감사의 기억밖에 없다, 라고
말했다.

─────── 치비를 귀여워해줬다고 왜 미움을 받아
야 해?

─────── 좋은 일을 했지.

─────── 그 아이를 껴안거나 하지도 않았는데.

─────── 그 집 남편, 아마 다른 일로 한창 고민하
는 중이었는지도 몰라.

─────── 어떤 일로?

─────── 이를테면 거액의 빚을 졌고 마지막 독촉
이 들어왔는데 높은 이자 때문에 도무지 갚을 전망이 없는
거야. 그래서 어쩔 줄 모르고 끙끙 앓으면서 눈에 보이는
모든 것에 화풀이를 하고 싶은 듯한 얼굴이었어.

엉터리 같은 소리를 하면 할수록 위로가 된다는 것은
엉터리 같은 생각이리라.

창문을 활짝 열어놓고 목욕을 했다. 전동펌프로 우물 물을 퍼서 데우면 피부가 매끈매끈해지는 목욕물이 된다는 것을 알게 된 건 치비가 죽기 조금 전의 일이었다.

우리 고양이도 아니고 항상 깨끗한 아이니까 굳이 씻겨줄 일은 없겠구나, 라고 마음을 돌렸었다.

어디에서도 들여다보는 시선이 없는 욕실이라서 출입문을 활짝 열어놓고 몸을 씻고 있노라면 치비가 살금살금 들어오기도 했다.

욕조 안에서 엉터리 같은 노래를 지어 부르며 놀려준 적도 있었다.

치비가오카 온천(이 일대의 지명 '지유가오카自由が丘'의 '지유自由'를 고양이 이름 '치비'로 바꿔 노래한 것 – 옮긴이)

치비 고양이 때밀이 씨,

등짝을 밀어주고

쌩하니 도망간다네

피안(彼岸, 춘추분의 전후 각 3일간을 합한 7일간. 불교 행사에서 나온 명절 – 옮긴이)을 지난 환한 정원의 연못에서 통통한 개똥지빠귀 한 마리가 미역을 감고 있었다. 그곳에 작은 박새가 날아와 흉내라도 내듯이 미역을 감았다. 그들도 연못가로 나왔다가 다시 물에 뛰어들기를 되풀이하고 있었다.

二十

猫

の

谷

고양이가 오지 않게 된 직후의 정원은 단번에 변해버려서 그저 살풍경하게만 보였다. 사람의 눈이 이렇게나 색안경 같은 것인가, 라고 생각했다.

이윽고 봄이 무르익어 초여름으로 옮겨가자 꽃들은 연대한 듯이 종류와 위치를 바꿔가며 다시금 정원을 장식해나갔다.

그전 해의 칠월칠석에 교외 실버타운에 입주하고 겨우 석 달 만에 할아버지를 여읜 할머니는 그 뒤로도 이따금 전화를 걸어왔다. 항상 드나들던 이 동네 전통과자점에 가서 갈분葛粉을 한번에 주문하고 단골 의원에 정해진 감기약을 타러 가고, 변함없이 그런 일을 대신해드렸다. 그런 전화 통화 끝에,

───── 정말로 본채를 마음껏 써줬으면 좋겠는데.
라는 부탁이 거듭되었다. 할머니 입장에서는 상속과

관련한 자신의 형편 때문에 8월 말까지 별채를 비워달라고 한 것이 미안해서 그 보상으로, 라는 마음이었을 것이다. 본채는 그 말씀대로 이제 마음껏 쓰고 있었다.

─────── 목욕탕도 써도 되는데.

언제쯤인지 월견창月見窓 바로 앞에 증축해서 목욕탕은 별채에도 딸려 있었다. 그걸로 아무 불편함이 없었지만,

─────── 본채 목욕탕이 훨씬 더 넓고 시원해.

라고 할머니는 말했다.

이 목욕탕에 관해서는 일 년 전의 추억이 있었다. 초여름 어느 날 이른 오후, 방에서 혼자 글쓰기 작업을 하고 있는데 본채 쪽에서 할머니가 외치는 소리가 들려왔다. 급히 달려가보니 소리가 나는 곳은 목욕탕이었다. 욕조에서 나오던 할아버지의 달아오른 몸이 가장자리에 걸쳐진 채 비스듬히 기울었고 몸뻬 차림의 할머니가 그걸 필사적으로 떠받치느라 옴짝달싹 못하는 참이었다.

한순간 멈칫했지만 어떻게든 방으로 모셔야 한다는 생각에 할아버지의 벗은 몸을 붙잡았다. 욕조에 담갔던 노인의 살갗은 예상외로 부드럽고 수척한 편치고는 탱탱하고 군살도 없어서 오히려 소년의 그것을 생각나게 할 정도

였다. 할아버지는 눈을 뜨고 희미하게 웃는 표정을 지은 채 언어를 상실했고 스스로 움직일 능력도 그럴 기운도 없었다. 그러자 몸은 실제 무게의 두 배는 될 만큼 무겁게 느껴져서 업으려 해도 안으려 해도 응해주는 일 없이 팔다리가 한사코 아래로 흩어지면서 서서히 가라앉는 것 같았다. 스모의 모로자시 기술(상대의 겨드랑이에 양손을 넣어 맞잡는 기술 – 옮긴이)로 들어보려다가 그만 더 이상 어떻게 움직여볼 방도를 잃었다.

이런 것을 진퇴양난이라고 하는가. 어떻든 이대로 시간을 보낼 수는 없다. 그런 생각을 하는 머릿속에 아침나절부터 골목 건너 북측 이웃집에 와있던 정원사들의 쉴 새 없는 가위질 소리가 울렸다.

다시 할아버지를 욕조 가장자리에 앉히고, 이마에 땀이 흐르는 할머니에게 잠시만 떠받치고 있으라고 해놓고는 판자 쪽문으로 골목길로 뛰쳐나가 나무 위의 남자들에게 말을 건넸다.

한껏 팡팡해진 니커보커스(폭이 넉넉하고 무릎 아래는 꽉 조여서 입는 바지. 주로 토목 및 건축공사의 작업복으로 쓰인다 – 옮긴이)에 각반을 두른 남자 네 명이 주르륵 내려와, 울리고 있던 트랜지스터라디오를 그대로 놔둔 채 이쪽 부지로 줄줄이 들어왔다. 목욕탕의 상황을 쓱 둘러보더니 서로 한두 마디 주고받고는 할아버지를 반듯하게 눕혀 팔다리 네 곳을 사방에서 하나씩 척척 들고 툇마루를 건너 서편 안쪽 양실에 놓인 침대로 조용히 모셔갔다. 그러고는 돌아와서 아무 일도 없었다는 듯 작업화를 신고 쪽문을 차례대로 나가 나무 위로 되돌아갔다.

가위소리가 다시 시작되었다.

二
十
二

칠월칠석에 집을 떠난 지 대략 일 년이 되어가는 5월 말, 할머니가 본채에 돌아왔다. 정원 연못가에 뭉텅이로 우글거리던 올챙이가 줄줄이 팔다리가 나오고 검은 콩알만 한 개구리로 온 정원을 폴짝폴짝 뛰어다닐 무렵이었다.

할머니의 눈은 백내장 수술에서 미처 회복되지 않은 참이어서 이 무수한 도약을 포착하지 못하는 것 같았다. 그리고 치비의 부재도 알아차리지 못하는 것 같았다.

하지만 별채에 들르자마자,

──── 정원도 집도 깨끗이 관리해줬네.

라고 눈물을 글썽였다.

할머니가 집에 머문 것은 겨우 2주일이었다. 이게 마지막이니 남은 가구며 조명 등을 골동품상에 처분하는 일을 날마다 조금씩 할 계획이라고 말했다.

할머니는 정원의 청화도자기 화로와 도코노마를 장

식했던 큼직한 질항아리, 그리고 자연석의 작은 등롱을 유품으로 내주고 싶다고 했다.

———— 미리 챙겨야지, 안 그러면 골동품상이 날마다 드나들어서 싹 다 가져가버려.

서측 정원수 그늘에 있던, 치비가 그 위에서 곧잘 쉬곤 했던 작은 석등롱만은 우리가 원하던 것이었다. 그것은 설날의 삼단떡 맨 밑에 큼직하게 물결치는 것을 맨 위에 다시 얹은 듯한, 약간 유머러스한 모양새를 하고 있었다.

장마가 시작되기 전, 산뜻하게 쾌청한 날에 기념사진을 찍었다. 여기저기 철쭉이 만개한 정원에 의자를 내놓고 할머니의 독사진을 몇 장 찍고 툇마루에서 아내와 나란히 앉은 장면을 다시 몇 장 찍는 사이에 할머니는 신이 난 것처럼 아내의 손을 덥석 잡아 무릎에 얹었다.

할머니가 다시 실버타운으로 돌아가고 이제 두 번 다시 이 집에는 발을 들일 일이 없을 것이라는 6월 초의 아침, 하지만 셋방살이 부부는 그 소중한 여행길을 배웅할 수 없었다.

Y의 3주기가 사이타마 현 교외 무사시 언덕 위의 고찰에서 거행된 날이었다. 동료며 시인들에게 연락해 특별

한 추모의 자리를 준비했지만, 그 이틀 전에 돌연 나이든 유명 시인의 부보가 날아들면서 일이 혼란에 빠졌다.

비분이라는 말이 있지만, 역시 悲와 분慎은 별개의 정으로 뒤얽힌 것이 아닐까. 한 사람의 죽음 주변에 여기저기서 당황한 사람들이 모여들자 이런저런 애매한 중론이 오가고, 한정된 시간 속에서 생각지도 못한 결정이 내려지기도 한다. 전날 밤의 문상에서 그런 흐름을 타고 그날의 장례식에서 나는 사회자 역할을 미처 거절하지 못할 상황에 처했다.

친구들끼리 두 곳의 법요를 분담해 스가모巢鴨의 절 문 앞에서 출관을 지켜보고 그길로 젊은 시인의 3주기가 치러지는 절로 달려간다, 라는 진행 순서로 겨우겨우 결론이 났다. 일이 그렇게 되어서 우리는 할머니의 출발에 앞서서 집을 나서야 했다.

배웅을 받은 것은 오히려 우리 쪽이었다. 평상복을 입은 모습만 봐왔던 할머니는 아내의 상복 차림을 보고 흐뭇해하면서 소매를 붙잡고,

———— 멋있네, 아유, 멋있어.

라고 신이 난 것처럼 해보였다.

———————— 배웅을 받는 건 좋아하지 않아.

라고 노래하는 것처럼 말하기도 했다.

새 전셋집은 좀체 구해지지 않았다. 지금의 집과는 비교도 안 되게 비좁고 높고 살풍경한 집 외에는 나올 것 같지 않았다.

문득 깨닫고 보니 주택 환경이 3, 4년 사이에 크게 바뀌어 있었다. 땅값은 매번 상승이라는 기사뿐인데 사람들은 그저 무심히 지켜보기만 하고 어떤 의구심도 품지 않았다. 토지를 담보로 대출을 받아 투기하는 것이 당연한 일이 되고, 땅값과 주식의 급등이 연일 이어졌다. 조용하던 이 동네도 역 앞 초밥집 카운터에서 젊은 부부가 토지 돌려막기 같은 투기 계획을 공공연히 얘기하는 것을 옆에 나란히 앉은 채 듣기도 했다. 자리를 옮겨도 또 다른 팀의 비슷한 이야기가 들려오는 그런 시절이었다.

느티나무를 중심으로 바깥으로 소용돌이를 그려나가는 식의 새 집 찾기는 점점 더 멀리 멀리 퍼져나갔다. 임대보다 아예 매입하는 게 훨씬 이익이죠, 라는 시대의 흐름에 올라타보려고 해도, 지하철을 한참 변두리 역까지 타고 나가봐도, 손에 닿을 만한 물건은 눈에 띄지 않았다.

마치다 시市 쪽 부동산중개소의 젊은 남자 영업사원에게 이끌려, 살림살이하는 느낌이라고는 없는 여자 하나가 매입 전환을 전제로 예쁘장하게 꾸며놓은 맨션에서부터, 집을 비우는 일이 많은 아빠의 선물이라는 봉제인형이 가득한 프로야구 불펜 포수의 집까지, 타인의 생활 모습을 뜻하지 않게 들여다보게 되었다.

그렇게 부동산 물건을 하나하나 둘러보면서 어느 순간에 사태가 실제로 변화할지, 가만히 응시하곤 했다.

레오나르도 다빈치와 협력하여 도전했던, 아르노 강의 범람을 막기 위한 하천 개편 계획에 크게 실패한 경험을 가진 마키아벨리는 운명의 여신에 대해 시 속에서 이렇게 말했다.

흡사 거센 강물이 그 오만의
극치에 달하여 온갖 것들을 깨부수고
그 흐름이 가닿는 곳곳마다

이쪽 편을 높이 쌓아올리고 저쪽 편을 낮게 헐어내고
절벽을 깎아내 강가와 강바닥을 바꿔버리며

그 흐름이 지나쳐가는 대지를 전율하게 하듯이

운명 또한 거칠고도 과감하게 머리를
풀어헤치고 이제는 이곳, 이제는 저곳,
차례차례 이 세상의 사태를 변화시키며 굴러간다

운명의 여신 포르투나는 이미 날뛰기 시작하고 있는
가. 지금의 공간에서 다른 공간으로 나 또한 그녀에게 번롱
당하면서 어떻게 이사의 작은 흐름을 만들어가는 걸까. 자
포자기의 기분 속에서 마치 남의 일처럼 바라보려고 했다.

二十二

猫

の

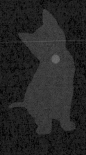

7월 중순, 장마가 걷히자 정원 연못가 햇볕 잘 드는 바위에 밀잠자리 한 마리가 푸르스름한 자태를 드러냈다. 호스 물이 만들어낸 허공의 호에 자기도 모르게 입을 맞췄던 그 밀잠자리가 남기고 간 새끼인 것인가. 일 년 전 여름, 한껏 좁혀진 일그러진 하트형으로 몸을 합한 채 노랑과 파랑의 암수 한 쌍이 정원의 잎 덤불에서 잎 덤불로 날고 있었지만 그들의 새끼가 부화한 것인가.

친해졌던 그 수컷 밀잠자리는 8월이 끝나는 것과 함께 자취를 감췄었다. 할아버지와 할머니가 떠나간 정원에서 날개 달린 친구도 그 아내도 떠나버린 것을 한참동안 아쉬워했었다. 하지만 그것과 똑같은 '그'가 이 여름의 햇살과 함께 되살아나온 듯한 마음이 들었다. 그러자 그 소실과 모조模造의 소생 사이에서 이제 돌이킬 수 없이 사라져간 자들의 기억이 도리어 생생하게 되짚어 생각났다.

7월도 끝물에 접어든 햇살 강한 오후, 정원에 나서면 우선 연못 쪽으로 튀어나간 그 바위에 시선을 던졌다. 밀잠자리는 없었다. 그런 때는 예전에 했던 것처럼 가볍게 두어 번 손뼉을 친다. 그러면 어디에선가 대기를 희미하게 흔들며 시원한 그림자가 비행해왔다. 물의 아치를 만들어주면 반가운 듯 주위를 맴돌면서 다가오는 장면이 예전의 그 밀잠자리와 전혀 다름이 없었다.

둘러쳐진 거미줄을 교묘히 피해서, 점점 폐허가 되어갈 뿐인 정원을 그도 구석구석까지 누리며 호화롭게 살고 있는 모양이었다. 문득 생각나는 게 있어서 수도꼭지를 잠갔다. 물의 흐름을 만드는 것은 멈추고 왼손의 검지를 허공에 내밀어보았다. 그러자 그는 중공에서 커다란 한 바퀴 비행만큼 뜸을 들였다. 그러고는 재빠르게 다가와 눈앞에서 자그마한 또 다른 선회를 그리는가 싶더니 손끝이 가리키는 방향을 향해 검지 위에 앉았다.

기쁨과 동시에 한껏 숨을 죽였다. 역시 그 밀잠자리다. 짧은 듯하면서도 긴 시간이었다. 인적이 끊기려는, 주위의 시선에서도 기묘할 만큼 단절된 정원 한가운데서 손가락은 잠시 큼직한 두 개의 겹눈과 투명한 네 장의 날개를 엎고 있었다.

아주 작은 움직임이 전달되면서 그는 허공으로 날아올랐지만 곧바로 다시 돌아와 앉았다. 그러고는 또 한 번 조용한 시간이 흘렀다.

직박구리가 동측 이웃집의 느티나무 우듬지에서 내려와 삐이익 한 차례 울고 날아갔다. 그는 흠칫 놀라서 내 손가락을 떠나 잠시 정원의 하늘을 넓게 선회했다. 그래도 손가락을 내민 채 지그시 기다렸더니 이윽고 머리 위 2미터쯤의 한 자리에 일정하게 떠 있다가 다시 손가락 끝으로 돌아왔다.

二十三

본채 안방에서 잠을 잘 때, 이른 아침부터 누군가 뒷마루에서 칼을 갈고 있구나, 라는 생각이 머릿속을 어지럽혔다. 느티나무 가지의 무성함을 쓸어내리며 정원에 삼엄한 늦여름의 햇살이 꽂혀드는 아침이었다. 아주 가까이에서 나는 소리인데 부스스 일어나 내다봐도 아무도 없었다. 소리를 따라 게타를 발에 꿰고 나섰더니 바로 옆 매화나무 뿌리 근처의 살랑거리는 풀숲 속에서 나고 있었다.

시선을 집중해 풀숲 사이를 들여다보니 참매미를 앞발로 꽉 조여 잡고 미처 날개를 다 접지 못한 왕사마귀가 이쪽을 쓰윽 돌아보았다.

사마귀는 가장 질색하는 생물이다. 이것만은 도저히 참을 수가 없다. 칼을 가는 듯한 소리는 빈사의 참매미가 헐떡이며 신음하는 날갯소리인 것 같았다. 아니면 공격 중에 낸다는 왕사마귀의 위협 소리였을까.

참극을 눈에 새긴 채 이불 속으로 돌아와 아직도 여전한 그 소리를 들으며 숨을 가다듬고 있는데 잠에서 깬 아내가 옆에서 무슨 일이냐고 물었다. 일의 전말을 들려주자 벌떡 일어나더니 툇마루에 던져둔 이불 먼지떨이 등나무 막대를 집어들고 잠옷 차림에 맨발인 채로 정원 징검돌에 내려섰다.

그 뒤를 따라가자 먼지떨이로 떼어낸 왕사마귀를 등 뒤의 철쭉 화단 쪽으로 툭 튕겨내고 있었다. 그러고는 축 늘어진 참매미를 집어 손바닥에 얹었다. 이제 소용없는가 싶어서 지켜보고 있었더니 참매미는 초록빛 반점을 가진 날개로 작은 소리를 내면서 비틀비틀 일어섰다. 자칫 흙바닥에 떨어질 뻔하다가 다시 일어선 모습으로 날개를 비비며 파르르 떨더니 높직하게 서측 담장을 넘어 날아갔다.

─────── 매미에게 두 번째 온 사람은 하느님으로 보였겠지? 처음 왔던 사람은 등신으로 보였을 거고.

그렇게 말했더니 아내는 놀라서 뭔가 한참 생각에 잠겼다.

웬만한 생물과는 대부분 친하게 어울릴 줄 아는 아내가 참을 수 없을 만큼 질색하는 것은 왜 그런지 오리였다.

그래서 매미가 오리에게 당하는 장면을 봤을 때는 등신이 하느님이 되어 도와주는 일이 있을지도 모른다. 하지만 오리에게 당하는 것이 사마귀였거나 오리가 사마귀에게 쥐어 잡혔다면 그 참극이 끝날 때까지 둘 다 이불 속에서 벌벌 떨기만 했을 것이다.

뭔가를 질색한다는 건 참으로 기이한 일이다. 어지간히 전생에 안 좋은 인연이 있었는가 싶은 마음도 들지만 뭔가 인연이 있었다는 생각만으로도 오싹해지기 때문에 이 생각은 중도에 얼른 내던져버렸다.

어찌 됐건 매미는 위기를 벗어나 단 한 번의 여름을 마음껏 살았던 것으로 치기로 하자. 사마귀는…… 사마귀 쪽에 대해서는 더 이상 생각하고 싶지 않다.

새로운 거처를 마침내 구했을 즈음이었다. 아침에 잠이 깨는 건 어느새 본채의 큰방 쪽이 되었다. 이윽고 매매되어 철거에 들어갈, 지은 지 60년이 된 낡은 집을, 차곡차곡 쌓아올린 이삿짐의 그림자가 어지러운 가운데서 맛보고 있었다.

二十四

8월의 마지막 토요일, 이사 전날 밤의 일이었다.

동측 옆집과의 경계선이 되는 판자 담은 문득 돌아보니 어느새 아래 반절의 빈틈을 틀어막는 철망이 전면적으로 새로 둘러쳐져 있었다. 그런데 철망과 건너편 건물 사이에 집을 빠져나와 길을 잘못 든 것이 있는 모양이었다. 아무래도 새끼고양이다.

오래도록 듣지 못한 부인의 목소리가 들렸다. 이삿짐을 싸던 손을 멈추고 귀를 바짝 세웠다.

──── 저거 봐, 보석 같아.

──── 응.

새끼고양이는 경계선 통로의 그 집 정원 근처 처마 밑에 있는 모양이었다. 하지만 걱정할 일은 없다. 더 이상 옆집으로 빠져나갈 일은 없다. 그런 분위기의 조용한 모자간의 대화였다. 어둠 속에서 두 개의 눈만 빛나고 있는 것이리라.

──────── 눈이 정말 예쁘네.

현관 쪽에서 경계선을 들여다보는 것 같았다. 옆에서 사내아이가 응, 응, 하고 호응하는 목소리가 작게 들렸다. 남쪽 창문 밖을 보니 손전등 불빛이 어른거렸다.

전혀 애석해할 것은 없지만 그래도 치비와의 일이 생각났다. 그렇구나, 다시 다른 고양이를 기르기 시작했는가. 아내도 눈치챘는지 옆에서 동요하는 모습을 보였다.

방 안은 혼란이 극에 달해 있었다. 오늘 밤 안으로 이삿짐을 꾸려야 하는데 아무리 채워 넣어도 물건이 줄줄이 솟아나는 것 같았다. 점심 이후로 몇 번이나 이삿짐센터에 추가로 부탁해서 상자는 200개를 헤아렸다. 대부분은 아무래도 내버릴 수 없는 책과 잡동사니였다.

한없는 이삿짐 작업 때문에 아예 깔깔깔 웃어버릴까, 라고 할 만큼 지쳐 있었다. 거기에 뭔가의 자극이 더해져 웃음이 반대의 것으로 바뀌려고 했다.

아내 입장에서는 단지 소나무 밑동에 묻힌 그 아이를 잊어버린 것처럼 되어가는 게 슬픈 모양이었다. 잊어버린 쪽에 우리의 이사도 포함된다는 게 견딜 수 없는 것이다.

새 고양이를 기르는 것은 슬픔을 달래는 가장 빠르고 유효한 방법일 것이다. 옆집 역시 그런 방법을 택하지 않으면 안 되었는지도 모른다. 그래서 경계선에 아래쪽까지 철망을 엄중하게 다시 쳐서 또다시 같은 일이 되풀이되지 않게 한 다음에 새로 새끼고양이를 기르기 시작한 것이리라.

우리도 지나는 길에 동네 애견숍 창문을 들여다보곤 했다. 하지만 그때마다 아내는 고개를 저었다. 아무리 사랑스러운 고양이도,

──── 뭔가 달라.

라는 것이었다. 그건 치비라는 한 마리의 고양이로부터 이어진 필연의 끈 같은 것을 가리키는 모양이었다.

자전거를 끌고 먼 동네로 나갔을 때, 낯선 골목에서 누군가 기르는 고양이인 듯한 갓 태어난 새끼고양이 몇 마리를 발견한 적이 있었다. 그 사랑스러움에 아내가 자전거를 세우고 쪼그리고 앉길래,

──── 한 마리 달라고 말해볼까? 아니면 그냥 몰래 데려갈까?

라고 일부러 거칠게 물어보았다. 아내는 잠시 생각해보더니,

──────── 뭔가 달라.

라고 쓸쓸히 웃으며 몸을 일으켰다.

별채에서 이삿짐 꾸리기를 마친 상자는 널찍한 본채 큰 방에 척척 쌓아두었다. 하지만 물건이 정리될수록 별채 안에도 상자가 쌓이기 시작했다.

다다미방 한 귀퉁이에 단 하나, 손을 대지 않은 뚜껑 열린 박스가 있었다. 그 안에는 타월 깔개와 전갱이 냄새가 밴 접시 한 장이 들어 있었다.

二十五

猫の客

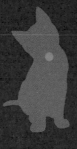

새로 구한 집은 느티나무가 주위에 스무 그루나 서있
는 임대 연립주택이었다.

가와사키, 다마 쪽까지 찾으러 나갔다가 헛걸음을 한
뒤에 다시금 인근을 둘러보기 시작한 7월 중순의 일이었
다. 8월 말일까지라는 기한이 점점 닥쳐와서 자전거를 끌
고 이곳저곳 부동산중개소를 이 잡듯이 알아보기 시작했
다. 문득 4년 전이 생각나 할머니 집의 별채를 소개해준 역
앞 부동산소개소에 들렀을 때, 방금 내붙인 듯한 게시판 종
이에 아내의 시선이 즉각 멈췄다. 얘기를 들어보니 절간 숲
속 같은 연립주택의 3층이라고 했다.

그 자리에서 자전거를 달려 가봤더니 3층짜리 건물
에 40호 남짓한 연립이었다. 옆의 녹지에는 구區의 보존수
림이라는 게시판이 서 있었다. 큼직큼직한 느티나무가 스
무 그루나 줄지어 서 있고 남측에는 이 일대 토지의 주인이

사는 오래된 저택이 넓게 펼쳐졌다. 가까운 역과의 중간 위치인데다 건널목이 가까웠지만 그곳에만 오래된 소림(疎林, 나무가 간격을 두고 듬성듬성 자라난 숲으로 햇빛이 나무 사이로 지면에 와닿는다 – 옮긴이)이 남아 있었다. 3년 전까지는 골프 연습장이었다고 들었다. 임대료는 지금의 두 배가 넘는다고 하고, 보증인을 세워 세입자의 수입에 대한 심사도 하는 모양이었다. 물론 동물을 기르는 것은 사전에 금지된 주택이다.

집을 매입해보려고 여기저기 찾아다니다가 결국 어중간한 자금을 한탄할 수밖에 없었다. 그뿐인가, 전체적으로 어딘가 황량한 물건만 만났다. 즉 물건이 황량한 게 아니었다. 전에 집을 구했을 때, 그 이전의 집을 구했을 때, 이 도시는 아직 이런 식이 아니었다는 것을 새삼 실감했다. 이 작은 동네도 결국 철거와 필지 분할에 이른 옛집들이 점점 눈에 띄었다.

피곤에 지친 눈에는 녹음에 둘러싸인 이 연립주택은 놓칠 수 없는 것으로 비쳐졌다. 게다가 이곳에서라면 걸어서 7분여 만에 치비의 느티나무에 도착할 수 있다. 아니, 어쩌면 창문 밖 느티나무의 흔들림에 따라서는 치비네 집 느티나무가 살랑거리는 것이 보일지도 모른다.

계약금을 치르고 며칠이 지난 8월 초의 일이었다. 혼자 산책하던 발길이 앞으로 살게 될 장소로 자연스럽게 방향을 바꾸었다.

부지에 들어서자 자꾸 고개를 들어 우러러볼 만큼 울창한 느티나무의 초록빛이 일렁였다. L자형 건물의 남측은 평소에는 울타리로 구분되어 들어갈 수 없는 녹지였다. 우리가 임대한 집은 L자의 오목한 곳에 자리한, 계단을 이용하는 3층이었다. 단독주택을 매입해서 이사할 거라고 흐뭇한 표정으로 말하던 가족이 아직 살고 있었기 때문에 밖에서 그 북쪽 창을 올려다볼 뿐이었다.

건물을 오른편으로 돌아서자 아직 터를 닦지 않은 작은 공터가 나왔다. 거기서 울퉁불퉁한 흙바닥으로 들어섰을 때였다. 거친 풀밭에 누운 여윈 어미고양이의 배에 새끼고양이 네 마리가 달라붙어 젖을 빨고 있었다. 발소리에 놀랐는지 생후 1개월쯤 된 새끼들은 어미고양이의 배를 타고 넘어 달아나려다가 그대로 멈춰선 모습으로 이쪽을 돌아보았다. 경계심을 내보이면서도 태연히 드러누운 어미고양이는 슬쩍 쳐든 얼굴의 오른쪽 반절이 하얀색, 왼쪽 반절이 검은색이라는 보기 드문 무늬였다. 그 뒤쪽에서 굳어버린 듯 멈춘 새끼고양이들은 저마다 조금씩 다르지만 바둑고양이라고 하던가, 어디서나 흔히 보이는 하얀 털에 먹빛의 둥근 반점이 들어간 모습이었다.

젖을 먹이는 데 방해가 되지 않게 나는 그대로 발길을 돌렸다.

8월 말, 이사를 했다. 할머니 집은 그 직후에 매물로 내놓았을 텐데 예상과는 달리 곧바로는 매입자가 나서지 않았다.

아무래도 세상에 큰 파탄이 덮쳐드는 모양이었다.

교외로 떠난 할머니는, 걸어서 10분도 안 되는 곳에 이사했다는 소식을 전해드리자 전화기 너머에서 크게 기뻐하면서,

─────── 이따금 우리 집 좀 들여다봐주면 내가 한결 마음이 놓일 것 같은데.

라고 말했다. 그래서 열쇠를 들고 정말로 폐원이 된 그곳에 발을 들였다. 할아버지도 할머니도, 아내도 그 고양이도, 나조차도 떠나버린 정원에 혼자 서 있곤 했다.

二十六

猫

の

客

새끼고양이 네 마리는 부지의 녹음 사이로 빼꼼빼꼼 나타났다. 흑백의 어미고양이 외에 짙은 쥐색의 아빠고양이도 있어서 드물게도 일가족이 함께 서식하고 있었다.

가을로 접어들자 엄마고양이의 모습이 보이지 않았다. 빼꼼빼꼼 나타나던 새끼도 네 마리에서 세 마리가 되었다. 특히 그 중 한 마리가 치비의 무늬와 꼭 닮아서 세 마리를 모두 합해 '치비치비즈'라고 이름을 붙였다.

새끼고양이 세 마리와 아빠고양이는 항상 연립주택 입구 근처에 나와 있었다. 하지만 매번 똑같은 새끼고양이 한 마리만 통행에 방해가 되지 않는 화단 사이에 예의 바르게 앞발을 가지런히 하고 앉았다. 아빠고양이를 포함한 나머지 세 마리는 철쭉 화단 그늘 뒤에 숨어 있었다.

역할이 어떻게 정해졌는지 모르겠지만, 가장 생김새가 예쁜 새끼고양이가 그렇게 주민의 관심을 끈다. 사랑스럽게 여기는 주민이 먹을 것을 길가 콘크리트 바닥에 올려준다. 그러면 그 아이 뒤쪽에서 다른 세 마리가 슬금슬금 나와 먹을 것에 달라붙는다. 생김새가 예쁜 새끼고양이는 자신은 먹지 않고 다른 녀석들이 조용해진 것을 지켜본 다음에야 식사에 들어갔다.

치비치비즈의 세 마리에 대해서는, 예쁜 그 새끼고양이는 '언니'라고 이름을 짓고, 몸의 거의 대부분이 흰색 털이고 강단 있게 보이는 것은 '흰둥이', 가장 비척비척하고 등줄기가 거북 무늬인 것은 '갓파'라고 했다.

신중하고 점잖은 아빠고양이는 그대로 '아빠'라고 불렀다.

아닌 게 아니라 언니는 치비와 닮은 모습이었다. 다만 치비가 어디까지나 인간 세상을 뛰어넘어 하늘에도 땅에도 없을 듯한 신비한 느낌을 가지고 있었던 것에 비해 언니라는 새끼고양이에게는 부드럽고 평온하고 현실적인 데가 있었다. 게다가 체형이 약간 서양 배 모양으로 동그스름한 느낌을 띠고 꼬리는 짧고 애니메이션에서 빠져나온 것처럼 친숙한 면이 있었다.

외출에서 돌아온 아내가 말했다.

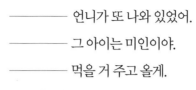

──── 언니가 또 나와 있었어.

──── 그 아이는 미인이야.

──── 먹을 거 주고 올게.

그럴 때마다 그 집에 치비가 찾아와 정원으로 놀러갔던 일이 생각났다. 이윽고 가을도 깊어가고 그것이 일과가 되었다.

다른 주민들도 이 편부 가족의 길고양이를 귀여워했지만, 아내는 그러면서 결단의 때가 점점 다가오는 것을 느끼고 있었던 게 틀림없다. 어느 날 밤,

──── 놀다올게.

라고 말하고 멸치 외에 붙박이장에 넣어둔 치비의 귤 박스에서 낡은 탁구공을 꺼냈다. 그러고는 아래층으로 내려가 한참 지난 뒤에 시무룩해져서 돌아왔다.

──── 놀지를 않네. 눈앞에 놔줘도 덤벼서 붙잡지 않아. 장난감으로 논다는 생각이 없는 모양이야.

그렇게 말하더니 치비를 떠올리는 평소의 그 표정을 보였다.

겨울을 알리는 찬바람이 불어올 무렵, 언니가 함께 놀아주기 시작했다. 길고양이 가족에게 한밤중의 식사를 주

고 나서 주민의 시선이 없는 시간에 아내와 언니의 놀이가 시작되었다. 아스팔트 도로에서는 탁구공이 지나치게 튀어 올라서 끈으로 장대 끝에 매단 작은 눈사람 인형으로 부지 안에서 놀았다.

다른 고양이들은 화단에서 그 모습을 쳐다보기만 할 뿐이었다. 언니는 놀이 중간에 갑자기 자세를 낮추는가 싶더니 매번 고개를 오른쪽 왼쪽으로 돌려가며 불길한 느낌의 기침을 했다. 기침소리가 울리는 동안 아내도 다른 고양이들도 걱정스러운 듯 그 모습을 지그시 지켜보았다.

12월 중순의 어느 날 밤, 언니는 눈사람을 따라 머뭇머뭇 3층까지 올라왔다.

철제 현관문 틈새로 안의 상황을 들여다보았다. 억지로 안에 들이는 일 없이 문에 샌들을 끼워 반쯤 열어놓고 그다음은 언니의 의사에 맡겼다.

언니는 처음 목격한 인간의 집 내부를 천천히, 그리고 조용조용 얌전하게 한바탕 살펴보고 다녔다. 그러고는 이 고양이 손님도 아무 말 없이 문을 열고 그때부터는 황급히 계단을 내려가 야외의 가족에게로 돌아갔다.

아내가 뒤를 밟아 일층으로 내려갔더니 몸을 나지막

하게 낮춘 짙은 쥐색 아빠가 기다리고 있었다. 아내가 보는 앞에서 앞발로 언니의 머리를 한 차례 때렸다고 한다. 언니는 눈을 질끈 감고 한 차례 작게 울었다.

다음날부터 일주일 동안 집을 비웠다. 규슈에서 친척의 결혼식이 있어 귀성을 겸해 느긋하게 머물렀다. 그런 뒤에 아내만 같은 현의 친가에 남겨두고 나 혼자 집에 돌아온, 밤이 이슥한 시간이었다.

연립주택 입구에는 자동차가 오고가는 도로와 사람들이 그냥 드나드는 현관홀이 옆에 나란히 붙어 있었다. 고양이 가족은 평소에는 도로 옆 화단까지만 나올 뿐, 별다른 절차가 필요 없는데도 우편함 등이 늘어선 환한 홀에 들어오는 일은 결코 없었다.

일주일 동안 밥은 제대로 먹었나 어쨌나, 생각하며 토지 주인의 저택 모퉁이를 꺾어들어 연립주택으로 다가가자 울창한 느티나무 가지로 한층 어둠이 더해진 속에서 그곳만 환한 현관홀이 떠올랐다. 그렇게 입구로 걸어갔을 때였다. 환한 형광등 불빛 아래를 빠져나와 작고 하얀 것이 울면서 온힘을 다해 내 쪽으로 달려오고 있었다.

二十七

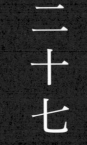

猫

の

客

그 뒤부터 언니는 계단을 타고 연립주택 3층까지 자신의 의사에 따라 올라왔다. 그리고 때때로 하리코 인형(틀에 종이를 여러 겹 붙여 말린 뒤에 그 틀을 빼내어 만든 인형으로 몸통과 머리 부분을 따로 만들어 움직일 때마다 고개가 흔들린다 - 옮긴이)처럼 고개를 좌우로 흔들며 연달아 불길한 기침을 했다. 이대로 두면 삼엄한 겨울을 어떻게 견뎌낼지, 아무래도 미덥지 않았다.

샌들을 끼워 언제라도 돌아갈 수 있게 열어둔 현관문은 정월 초이틀을 기해 닫혀졌다. 플라스틱 고양이용 화장실과 거기에 담는 모래가 새해의 첫 장보기가 되었다.

───── 아예 갓파도 데려올까?

라고 아내가 말했다.

가족 중에서도 항상 뒤처지고 겁이 많은데다 비척비척하는 모습이어서 야외에서의 생활을 지속하기가 언니에 이어 갓파도 어려울 것 같았다. 아내는 앞으로 차츰차츰 가족 모두를 데려왔으면 하는 눈치였지만, 한 마리조차 익숙해지지 않아 밤새 울어대는 상황이라서 애완동물을 금지하는 연립주택에서 이건 이사를 각오하는 것이나 마찬가지였다.

게다가 갓파가 자기 스스로 3층에 올라오는 일은 결코 없을 것 같았다. 화단 뒤편에 던져준 눈사람 인형에도 일절 다가올 기미를 보이지 않았다. 데려오기 위해서는 다른 방법을 강구하는 수밖에 없다.

종달새를 기른 적은 없지만 종달새 새장이라는 건 갖고 있었다. 세로 방향으로 상당히 긴 원통 모양의 낡은 죽세공품이다. 그 새장 문에 덜컥 닫히는 장치를 하고 한밤중에 먹을 것을 거기에 넣어 부지 뒤편 공터에서 다가오기를 기다린다, 라는 방법을 강구해낸 쪽이 동시에 실행자가 되는 흐름이었다.

정월 초의 추운 밤, 갓파는 살금살금 다가왔다. 그리고 몇 번의 망설임 끝에 가만가만 종달새 새장 입구로 들어갔다.

하지만 포획자의 마음속에 생각지 못한 감정 변화가

일어났다. 문이 덜컥 닫히는 끈을 도저히 놓을 수 없었던 것이다. 지금 덜컥 닫히면 갓파는 소스라치게 놀라 새장 안에서 빙글빙글 날뛸 것이다. 새장은 회전체를 품고 기묘한 무게를 가진 공간이 될 것이다. 갓파는 그렇게 그 공간을 나와 집고양이가 될 수 있을까. 손만 놓으면 털썩 닫히는 죽세공품 새장의 문을 아무래도 떨어뜨릴 수 없었다.

잔뜩 경계하면서도 먹을 것을 다 먹고 나자 갓파는 평소처럼 비척비척 종달새 새장 안에서 뒤를 돌아보았다. 그리고 의심인지 뭔지 알 수 없는 동그란 눈으로 가만히 이쪽을 응시했다. 비척비척 문을 나서더니 다시 한 번 이쪽을 지그시 쳐다보고 처음에는 천천히, 그리고 점차 갤럽(경주마가 전력 질주하는 주법 – 옮긴이)처럼 약동하듯이 벌거벗은 느티나무의 포장도로를 지나 부지 밖으로 달려갔다.

치비가 잠이 들었던 똑같은 소파에서 꼭 닮은 목걸이를 차고 똑같은 곡옥 자세로 잠든 고양이를 간절한 눈빛으로 바라보며,

───── 내 고양이.

라고 아내가 말했다.

그래도 단 하나뿐인 내 고양이로 품에 안기까지는 아

직 한참 시간이 걸릴 것 같았다. 가까운 시일 내에 병원에 데려가지 않으면 안 된다. 그러기 위해서라도 우선 제대로 된 이름을 지어주자고 생각했다.

二十八

80년대 중반부터 미친 듯이 뛰어오른 땅값과 주가는 1990년 초에 갑작스럽게 붕괴하기 시작했다고 하니까 할머니가 집을 매물로 내놓은 그해 초가을에는 이미 경기가 뚜렷하게 기울고 있었다는 얘기가 된다.

1991년, 실태를 훨씬 뛰어넘어 부풀려졌던 경제의 거품이 완전히 꺼지면서 전국이 일대 혼란에 빠져들기 시작한 8월의 일이다. 별 생각 없이 텔레비전을 보고 있는데 어느 주택 건설회사의 광고가 흘러나왔다.

──── 아버지가 아들에게 전해줄 수 있는 것은
…….

──── 집 짓기는 말하자면 길들이기 같은 것
…….

이라고 했던가, 그런 묘하게 차분한 내레이션이 들려왔다. 대문에 소나무 가지를 장식한 오래된 집 앞에서 부친이 초등학생 아들의 머리에 손을 얹어 인사를 재촉하면서 마주친 이웃과 웃는 얼굴로 이야기를 나눈다. 일부러 흑백으로 만든 그 화면의 배경으로 나온 집의 담장이 눈에 익었다.

산책을 나간 길에 들러서 할죽을 둘러친 담장과 그 위의 기와에 낀 얼룩을 통해 역시 이 집이었구나, 라고 확인할 수 있었다.

그때까지 땅값 급등을 타고 연일 집 매매를 부추기던 것에서 급하게 노선을 바꿔버린 주택산업의 속셈이 뻔히 보이는 광고였다. 영상에서는 그야말로 꼭 전해야 할 곳처럼 다뤄진 그 오래된 집은 실제로는 연극 무대의 배경처럼 내부에서부터 황폐해져 어느 누구에게도 전해지지 못한 채 철거를 기다리고 있었다.

그해 여름에 아직 내게 맡겨졌던 열쇠로 안에 들어갔을 때, 정원은 키 높이로 자란 잡초가 무성하고 연못은 말라버려 예전의 정취나 생물의 기척이라고는 흔적도 없었다. 그 밀잠자리는 어떻게 됐을까. 왕사마귀는? 둥글게 전지해준 꽝꽝나무와 철쭉도 삐죽삐죽 가지가 웃자라서 진즉에 반구형이 무너졌다. 창고 자리의 무궁화 꽃만 부드러운 빛을 그러모으며 하늘하늘 피어 있었다.

1991년 12월, 부부 동반으로 서쪽 교외의 실버타운으로 할머니를 찾아갔다. 세 시간에 걸친 스스럼없는 환담 중에 토지 이야기가 아주 잠깐 나왔었다. 처음 기대했던 것보다 훨씬 싼 가격에 세 개로 분할해 마침내 매매가 성사되었고 집은 다음해 1월 중순에 철거하기로 정해졌다, 라고 들었다.

할머니의 부탁으로 그 며칠 뒤에 둘러보러 갔더니 골목 판자 담 일부가 부지 안쪽으로 쓰러지려고 해서 보수라고도 할 수 없는 임시 응급조치를 했었다.

정월 초사흘에는 마지막 정리도 할 겸, 할머니의 허락을 받고 정원에 심었던 조팝나무를 연립주택 베란다 화분으로 옮기려고 다시 그 집에 갔었다. 열쇠구멍이 녹슬었는지 아무리 돌려도 문이 열리지 않았다. 쓰러지지 않게 응급조치를 해둔 판자 담의 옆구리 틈새로 아내를 먼저 들여보내 쪽문 안쪽의 작은 빗장을 열었다.

여름에는 망망했던 잡초도 말라비틀어지고 마침내 정말로 폐원廢園이 되었다. 정원 한복판에는 벌써 압정 같은 금속 표지標識가 박혀 있어서 그것을 보고 어떤 식으로 세 군데로 분할되는지를 알았다. 이제 곧 벌채될 나무들 중에서 매화만 가지에 꽃봉오리를 잔뜩 달고 있는 것이 눈에 아렸다.

위를 올려다보니 겨울의 새파란 하늘 가득히 가지만 무성한 옆집 느티나무가 불에 그슬린 금속 같은 나뭇결을 반짝이며 느릿느릿 흔들리고 있었다.

아내가 조팝나무를 캐내는 동안, 별채 마루방에 그대로 두고 간 등나무 깔개를 돌돌 말아 묶었다. 예전에 매일같이 찾아오던 손님이 소출창 입구에서 그 어느 쪽 끄트머리를 처음 밟고 들어왔는지까지 생생하게 생각났다.

1월 16일에는 밤중에 들렀더니 지반 기초공사를 위한 망대를 짜고 오렌지색 공사용 시트를 담장 안쪽에 둘러쳐 부지 주위를 높직하게 뒤덮고 있었다. 골목을 지나가는 사람을 그 옹이구멍은 이제 어떤 상으로도 맺어주지 않았다. 철거는 그다음 날부터 닷새 동안에 걸쳐 이뤄진 모양이었다.

1월의 마지막 날은 오후부터 내린 비가 저녁나절에 눈으로 바뀌면서 소복소복 쌓이기 시작했다. 온종일 집 안에 틀어박혀 일하느라 아내와 함께 기분전환도 할 겸 새하얀 밤의 동네로 나갔다. 저녁을 먹고 그쪽으로 향할 때는 눈이 더욱더 쏟아져 발밑에서 뽀드득뽀드득 소리가 이어졌다.

참억새 집 앞을 말없이 지나 언덕길을 내려가자 왼편으로 예전의 집이 공터로 펼쳐져 있었다. 옆집도 번개골목도 큰길에서의 시선에 고스란히 드러났고 눈은 더욱더 내려 쌓였다.

어둠 속의, 새하얀 공터였다.

二十九

猫

の

客

번개골목을 동측으로 빠져나와 남쪽으로 걸어서 채 일 분도 안 되는 곳에서 살고 있는 H씨는 오래 알고 지낸 수필가다. 가까이에서 살던 무렵에는 서로 왕래가 없었지만, 요즘 함께 진행 중인 작업이 있어서 귀갓길에는 지하철을 함께 타곤 했다.

1950년에 처음 이사 왔을 때 다섯 살이었던 H씨는 그즈음에는 집 주위가 온통 밭이었다고 말했다. 경사진 길을 내려오면 앞쪽에 작은 강이 가로누워 있어서 큰 비라도 내리면 자주 범람했다, 라고 그때를 기억하고 있었다.

그쪽 골목은, 이라고 묻자 잠깐 웃고 나서 고개를 끄덕였다.

───── 그래, 그 동네가 좀 이상한 곳이야. 그런 비좁은 곳에 옛날부터 조판사彫版師, 식물학자, 지질학자, 음악가, 불상 사진가, 죄다 그런 사람들이 살았어.

그때 H씨에게서 생각지도 못한 이야기를 들었다. 치비의 보호자 가족이 교외로 이사를 갔다는 것이었다. 느티나무가 지켜주는 번듯한 집이라서 언제까지고 거기서 살거라고 생각했는데, 아이 학교 문제 때문이라던가, 뭔가 사정이 있었던 모양이다.

아무래도 치비는 외톨이로 남겨진 것 같았다.

치비가 죽은 것은 3월 11일 보름달이 뜬 밤이라고 기억한다. 그 후로 해마다 그날 한밤중이면 마지막으로 쓰러져 있었다는, 현관 앞에 참억새가 있는 집 앞까지 아내와 함께 걸어갔다. 왕래하는 사람이 끊기는 때를 노려서 그럼직한 지점에 멸치 몇 마리를 놓고 몸을 숙이고 앉아 합장한다. 그러고는 천천히 예전 집 쪽으로 갔다.

하지만 지난 10년 동안 그렇게 합장을 할 때마다 차에 치였다는 것을 눈곱만큼도 믿지 않은 나 자신을 깨달았다. 하지만 아내와 그런 얘기를 한 적은 없다.

원래가 조용한 길이다. 교통량이 많은 도로에서 꺾어져 내리막길로 막 들어선 차도, 언덕길을 올라와 T자로에 접어든 차도, 여기는 마침 속도를 최대한 낮추는 지점이다. 몸을 숙이고 앉아 합장한 채 지나가는 자동차를 등 뒤로 느끼며, 치비라면 피할 수 있었어, 라고 생각했다.

　연재를 중단한 수필과 손 맡의 비망록 등을 지금 한 편의 소설 형식으로 다시 써내려가면서 새삼 깨달은 것이 있다.

　그 3월 11일은 일요일이었다. '번개잡기' 화가의 개인 전에 간 것은 10일 토요일 저녁나절이다. 그날 밤 10시 넘어서 집에 돌아왔을 때, 다다미방 귀퉁이의 귤 박스 안에는 접시에 담아둔 캣푸드가 조금 줄어 있었다.

　11일 일요일에는 아내가 챙겨준 전갱이에도, 소출창에 드리운 목면 천에도 치비가 다녀간 흔적은 없었다.

　옆집 부인이 해준 말에 따라 10일이 아니라 11일 밤 11시 반에 길가에 쓰러져 있었다, 라고 비망록에 적혀 있다. 그 조금 전인 11시쯤까지는 치비가 가족과 함께 자고 있었다, 라는 것도 같은 곳에서 나온 얘기다.

　사건의 흐름이란 무한한 현실적 요소의, 그것밖에는 달리 있을 수 없는 순서에 따른 결합일 텐데도 기억이란 참으로 흐릿한 것이다. 개인전에 가기 직전에 치비의 뒷모습을 본 것이 마지막이었기 때문에 나는 10일 밤 11시 반에 길가에 쓰러졌던 것으로 언제부턴가 착각하고 있었다. 새벽녘에 차가워졌기 때문에 11일에 참배하는 것이라고, 어느새 착각에 착각을 거듭했다.

죽음이라는 사실에 크게 놀라 가장 중요한 것을 제대로 못 봤던 것이리라. 소설이 종반에 이른 참에 새삼 사건의 흐름에 생각이 미쳐서 겨우 그것을 깨달았다.

그렇다면 치비는 3월 10일 밤 10시부터 11일 밤 11시까지, 아무 일이 없었는데도 우리 집에 오지 않았다, 라는 얘기가 된다. 매일매일 그토록 빈번하게 찾아왔던 아이가, 어딘가 다치면 다친 곳을 보여주러 왔던 아이가, 별일이 없었는데도 그날만 오지 않았다, 라는 얘기가 된다. 그런 일이 있을 수 있을까. 아니, 분명 있었던 일인 것이 되었다.

치비는 마지막 하루를 평소와는 전혀 다른 방식으로 보냈다는 것인가. 작은 물방울 같은 그 하루의 일을 알아보고 싶지만, 거기서부터는 시간의 어둠에 먹혀버린 것 같다.

———— 그 참억새 집 앞은 제 발로는 전혀 가지 않던 곳이었어요.

그런 부인의 말도 비망록 안에서 나왔다.

문고판에 부치는 글

남모르게 번개골목이라는 이름을 붙였던 그 근처를 지난 19년 동안 해마다 초봄의 똑같은 기일 밤에 찾아가곤 했다. 하지만 최근에 이제 그곳은 완전히 없어졌구나, 라고 생각하게 되었다. 낯선 몇 세대의 가족이 처마를 다투고 있었다. 그 틈새에 아주 조금 그 느티나무 거목이 남았을 뿐이고, 그것조차 옛 자취는 찾아볼 수 없을 만큼 가지가 잘려나갔다. 골목의 형태는 그대로지만 더 이상 번개골목이 아니라고 할 수밖에 없었다.

하지만 이미 없어진 것을 한탄하려는 건 아니다. 기억에 새겨진 길 위의 몇몇 지점에 멸치를 놓고 합장하고, 혹은 가쓰오부시를 향불처럼 한 줌 뿌려놓고 치비를 돌이켜 회상한다. 그러면서 뭔가 우스운 짓을 하고 있다는 마음이 들곤 했다. 그와 동시에 그 골목에 흘렀던 빛에 다시 한 번 씻긴 듯한 기분이 들었다. 그런 때, 우리에게 번개골목은 다시 한 번 또렷하게 눈에 보였다.

이 글에 대해서는 상당히 많은 독자에게서 다양한 감상과 비평이 들어왔다. 소설평으로서 뿐만 아니라 허와 실 양쪽에 걸친 것, 그리고 허와 실의 경계를 무너뜨리는 것도 많았다. 치비가 했던 것처럼 조용히 경계를 무너뜨리는 것은 내가 의도한 바이기도 하다. 나쓰메 소세키의 번역자이기도 한 스에쓰구 엘리자베스 씨 덕분에 일본어의 경계를 뛰어넘어 프랑스 독자들에게 소개된 일은 생각지도 못한 큰 선물이었다.

그런데 나는 마감 날짜나 약속 시간 등에 번번이 좌절하는 성격의 글쟁이라서 어떤 글을 한 번에 마무리하는 일 없이 각 단계마다 베어리언트(variant. 정본과는 다른 텍스트, 이본異本 – 옮긴이)를 만들어내고 만다. 이번 소설의 경우도 문예지에 처음 연재할 때는 지금과는 상당히 다른 체재였고, 단행본 제1쇄와 제2쇄 사이에서도 여러 곳이 달라졌다. 다른 한편으로 나에게는 엄밀함을 선호해 수정을 거듭하는 버릇이 있지만, 그것이 도리어 엄밀함을 잃게 하고 베어리언트를 나 스스로 증식시키는 모양이다. 이번 문고본 출간에서 수정은 사소한 몇 군데에 그쳤지만, 서점의 요

청에 응해 후리가나(일본어 한자 위에 읽는 방법을 표기하는 것 – 옮긴이)를 붙였기 때문에 그것만으로도 소설의 표정이 상당히 바뀐 것 같다.

그런 세세한 부분의 진동이 이 글의 본성과 연결된다는 판단은 작자의 괜한 걱정이라는 것이 될까. 작품의 부족함을 메우려는 것은 아니지만, 이 자리를 빌려 내 저작 중에서 《고양이 손님》이 차지하는 위치에 관해 생각나는 대로 조금만 덧붙이기로 한다.

소설 속에는 나오지 않았지만, 골목에 치비가 나타난 사건보다 조금 앞선 시기에 취재를 위해 장기 체류했던 암스테르담의 싸구려 숙소에서 '벨타'라는 고양이와 조우한 일이 있었다. 나로서는 그녀야말로 첫 번째의 '특별한 고양이'였고, 그것에 관해서는 서간체 작품 《엽서로 도널드 에반스에게》와 에세이집 《윌리엄 블레이크의 배트》에서 이야기한 바 있다. 또한 이 소설의 말미에 등장하는 '언니'라는 새끼고양이는 이윽고 '나나t'라는 이름을 얻어 성장했지만, 《베를린의 순간》이라는 기행문에서 'n'이라는 이니셜로 언급한 적이 있어서 그 외국 체재의 모습이 기록되었다. 그녀는 베를린을 경유한 세 번의 이사를 경험한 끝에 지금은 도쿄 서쪽 교외로 옮긴 우리 집에서 평온하게 먹고 자면서 이제 열아홉 살 나이가 되었다. 즉 벨타와의 만남은 치비와의 교섭을 준비하는 일이었고, 또한 치비와의 일이 없었다면 나나라는 우리 고양이도 없었을 것이다. 그처럼 삼자가 나란히 이어지면서도 오로지 치비라는 고양이에게 서만 비지상적이고도 경련적인, 번개와도 같은 계시가 찾아왔다.

픽션을 가능한 한 배제한다는 글쓰기 방식에 따라 방금 열거한 세 권의 책은 이《고양이 손님》과 연결되어 있다. 서로 스타일에서 명백한 차이를 보이는데도 불구하고 모든 것은 실제 날짜에서 하나로 이어지는 글이라는 것을 감히 말씀드리고자 한다.

2009년 3월 23일
구니타치国立에서
히라이데 다카시

해
설

치비는 프랑스의 하늘을 날았다 ——————

스에쓰구 엘리자베스

1945년 프랑스 파리에서 태어나 1967년 파리대학 일본문화과를 졸업했다. 이후 일본으로 건너가 도쿄의 프랑스어학원 아테네 프랑세와 간사이 일불학관日佛學館의 교수, 그리고 교토대학 종합인문학부, 주오대학 이공학부, 간사이가쿠인대학의 강사를 역임했다. 나쓰메 소세키, 모리 오가이, 이즈미 교카 등의 일본 문학을 다수 프랑스어로 옮겼으며 2013년 일불日佛 번역문학상을 수상하였다.

《고양이 손님》은 'Le Chat qui venait du ciel(하늘에서 온 고양이)'라는 제목으로 2004년에 프랑스에서 번역 출판되었다. 이 제목은 상당히 자유로운 번역이라고 여겨질지도 모르지만 결코 작품 전체의 음색音色을 배반하는 것은 아니다. 실제로 원작에는 '하늘'을 떠올리게 하는 서술

이 곳곳에서 눈에 띈다. 이를테면 "그래서 한층 더 자신에게 보내준, 아주 먼 곳에서의 선물이라고 굳게 믿는 기색이었다"라는 문장이 그것이다.

번역의 숙명이란 기묘한 것이다. 지금부터 이야기하는 것을 지그시 참고 읽어주셨으면 한다. 왜냐면 한 번도 번역을 해본 경험이 없는 사람에게는 그리 자명한 일은 아닐 것이기 때문이다. 원작 자체는 영원히 유일한 것에 비해 번역이란 항상 복수複數의 존재를 허용한다. 원작은 얼마든지, 언제라도, 새롭게 번역되어 '그림자 작가'인 번역자의 책임 아래 새 생명을 얻을 수 있는 것이다. 좋은 번역인지 나쁜 번역인지는 둘째 치고. 여기서 멈추지 않으면 자칫 내 감정에 휩쓸릴 것 같아서 그러지 않도록 시적 소설인 나쓰메 소세키의 《풀베개》의 첫 머리를 인용하기로 한다.

"지智에 치우치면 모가 난다. 정사情에 편승하면 휩쓸린다."

《고양이 손님》의 문고판을 출간하면서 프랑스어 번역자인 나에게도 글을 청한 것은 프랑스에서 2006년에 《고양이 손님》의 문고판이 먼저 출판되어 큰 성공을 거두었기 때문일 것이다(2009년 3월까지 《고양이 손님》의 프랑스에서의 판매부수는 단행본 3,695부, 문고본 22,950부로 알려졌다).

프랑스에서 《고양이 손님》이 큰 성공을 거둔 것을 두고, 설마 프랑스인이 고양이에 대해 남다르게 강한 애정을 가졌기 때문이라고 설명할 수는 없다. 만일 그런 것이라면 아마도 3천만 부는 팔렸을 것이다. 왜냐면 프랑스에 사는 고양이의 수가 3천만 마리에 달한다고 하기 때문이다. 하긴 고양이를 사랑하는 사람이 모두 문학을 좋아하는 것은 아니겠지만. 어찌됐든 프랑스 문학에서 고양이는 매우 중요한 존재다. 곧바로 샤를르 페로, 콜레트, 보들레르, 아폴리네르, 고티에 등의 작가가 떠오른다. 또한 프랑스어로 번역된 고양이와 관련된 일본문학 작품으로는 나쓰메 소세키의 《나는 고양이로소이다》, 다니자키 준이치로의 《고양이와 쇼조와 두 여자》, 미야자와 겐지의 《고양이 사무소》 등을 들 수 있다.

문학작품, 특히 번역된 작품이 수많은 사람에게 읽히는 이유로 가장 먼저 머릿속에 떠오르는 것은 이를테면 보편적인 것으로서의 사랑, 상실의 슬픔이 독자의 심금을 울리는 데 있을 것이다. 또 하나는 서로 다른 가치관, 서로 다른 문화에 속한 독자가 개별적인 사건에 매료되거나 감동을 받는 경우일 것이다.

　일본 문학에서의 계절의 추이는 그것이 작품의 전면에 나오건 배경으로 물러서 있건 이야기의 감춰진 현絃이 된다. 일본에 오랜 세월 살아본 경험을 바탕으로 말할 수 있는 것인데, 프랑스에도 사계절이 존재하지만 계절에 대한 의식은 일본과 프랑스(유럽)가 서로 다르다. 일본인이 자연을 사랑한다고 말할 때와 프랑스인이 'l'amour de la nature'라고 말할 때는 자연에 대한 자각, 혹은 관계의 양상이 사뭇 다르다. 프랑스어의 'Je'는 이를테면 꽃을 마주하고 서 있지만, 일본어에서의 '나'는 꽃 속에 있거나 혹은 꽃 그 자체다.

　꽤 오래 전에 고바야시 히데오의 〈달구경〉이라는 짧은 글을 읽었을 때, 지금도 생생하게 생각날 만큼, 반감을 느꼈다. "그런데 이 자리에 우연히 스위스에서 온 손님이 몇 명 있었다. 그들은 놀랐던 것이다. 그들로서는 한꺼번에 확 달라진 것처럼 보이는 좌중의 분위기를 도저히 이해할 수 없었다." 그리고 몇 년이 지나 그때의 반감은 누그러들고 내 생각도 바뀌기 시작했다. 봄꽃의 아름다움, 가을 달의 뭔지 모를 슬픔은 émotion으로서는 똑같아도 émotion은 어디까지나 개인적인 것이다. 이를테면 〈달구경〉이라는 행사는 프랑스라는 환경에서는 전혀 생각할 수 없다. 다만 그렇다고 해도 고바야시의 주장에는 고개를 끄덕일 수 없는 구석이 있었다.

《고양이 손님》의 매력인 에크리튀르(écriture, 문자, 쓰기, 쓰여진 것 등의 뜻 – 옮긴이)의 섬세함은 다양한 종류의 연중행사를 포함한 계절의 추이와 떼어놓을 수 없는 요소다. "작고 희뿌연 그림자가 보였다./거기서 창을 열고 겨울 새벽이 데려온 손님을 맞아들이면 집안의 기운이 단숨에 되살아났다./설날에 그것은 첫 '예자禮者'가 되었다. 새해를 축하하며 집집마다 돌아다니는 자를 예자라고 한다. 드물게도 이 예자는 창문으로 들어왔고 게다가 한 마디의 축사도 늘어놓지 않았지만 단정히 두 손을 모으는 인사만은 잘 알고 있는 것 같았다."

다시 한 번 예를 들자면, 늙은 집주인 부부가 자신의 집과 영원히 이별을 고하는 것은 재회의 상징인 칠월칠석 날이다. "거실 기둥에 걸린 달력이 7월 7일인 것이 그때 눈속 깊이 새겨졌다."

참고할 자료도 없을뿐더러 확실한 계획도 없는 상태

에서 이 글을 쓰기 시작했지만, 간밤에 프랑스에서 보내준 몇 가지 서평이 도착했다.

그 서평을 모두 읽어보고 《고양이 손님》이 프랑스에서 성공하게 된 확실한 열쇠를 찾아낸 듯한 생각이 들었다. 그것은 나쓰메 소세키의 말을 빌리자면 이 작품이 일종의 하이쿠 소설로서 읽힌다는 것, 그리고 다 읽은 뒤에 깊은 여운이 되어 울리는, 끝이나 이별이나 죽음에 대한 치유에로 이끌어주는 부드러운 고찰에 의한 것이라고 생각한다.

고양이 손님

2018년 12월 12일 초판 1쇄 발행

지은이 히라이데 다카시

펴낸이 김상현, 최세현
마케팅 권금숙, 김명래, 심규완, 양봉호, 임지윤,
　　　　 최의범, 조히라, 유미정

펴낸곳 박하
주소 경기도 파주시 회동길 174 파주출판도시
팩스 031-960-4806

책임편집 이기웅, 김새미나, 김사라
경영지원 김현우, 강신우
해외기획 우정민

출판신고 2016년 5월 20일 제406-2016-000066호
전화 031-960-4800
이메일 info@smpk.kr

ⓒ 히라이데 다카시
(저작권자와 맺은 특약에 따라 검인을 생략합니다)

ISBN 978-89-6570-729-5 (03830)

박하는 (주)쌤앤파커스의 브랜드입니다.